ファン文庫

手作り雑貨ゆうつづ堂

アイオライトの道標

著　植原翠

JN131085

マイナビ出版

CONTENTS

CHARACTER

✴ 夏《なつ》凪《なぎ》詩《し》乃《の》 ✴

手作り雑貨店『ゆうつづ堂』の店番係。不運体質。
パワーストーンの雑貨に宿る精霊が見える。
少し臆病で自信のない性格だが、時々衝動的に思い切った行動に出る。

✴ フク ✴

白水晶のイヤーカフに宿る精霊。大福のような猫の姿をしている。
生意気で口が悪いが、あまのじゃくなだけで実は詩乃に懐いている。

✴ 夏《なつ》凪《なぎ》叶《かな》子《こ》 ✴

『ゆうつづ堂』の店主。詩乃の祖母で、ハンドメイドが得意。
自由奔放な性格で、親戚じゅうから変人扱いされている。
変わり者だが、町の人々からの人望は厚い。

✴ ユウ ✴

叶子の持つペンダントに宿る精霊。幼い少年の姿をしている。
真面目でしっかり者。時折、見た目相応に少年らしい言動が出ることも。

✴ 青《あお》嶋《しま》浩《ひろ》哉《や》 ✴

パワーストーンの加工・販売会社の営業。
毎日のように『ゆうつづ堂』に来ては雑談をしていくサボり魔。

✴ 柏《かしわ》木《ぎ》 岬《みさき》 ✴

町外れのガラス工房のガラス職人。
さばさばした気風のいい姉御肌。ちょっとお節介焼きな面も。

手作り雑貨ゆうつづ堂

アイオライトの道標

植原翠

Episode 1　アイオライトの道標

　小さい頃、お母さんがテーブルの縁を三回、トントントンと叩くのをよく見かけた。なんの意味があるのかと聞いたら、「癖のようなものね」と言っていた。ドイツに伝わるおまじないをもとにした、お母さんのオリジナルのものだったらしい。

「こうやってテーブルを叩くと、幸運が来るっていうおまじないだったんだけど、幸運をお迎えするために、自分も『よし、やるぞ！』って元気が出るの。最近じゃそのもともとの意味は忘れてたけど、気持ちを切り替えたいときなんかに、無意識のうちにやってる」

　リアリストなお母さんがおまじないなんて意外だったが、もはや癖だというから、おまじないというよりメンタルコントロールの類いに近いようだ。働き者でしっかり者のお母さんは、切り替え上手な人だ。たぶん、こういうスイッチが自分の中にあるからなのだろう。

　なんて話を、急に思い出した。

　窓の外から、涼やかな波の音が聞こえる。九月も半ばを過ぎて、少しずつ、涼しい日が増えてきた。チャリ、と、耳元で微《かす》かな音がする。左耳で揺れる、イヤーカフの音だ。猫の形に切り出されたプレートと白水晶とが重なる音で、たまに聞こえるこの音がどうにも心地よかった。

手元では針仕事をする。もくもくと作業する私に、少年のような甘く舌っ足らずな声が尋ねてきた。

「詩乃《しの》、なに作ってんだ?」

声の方に目をやると、白くぼんやりと光る、手のひらサイズの大福……ではなく、猫がいた。ぽってりしたタヌキ尻尾の丸っこいフォルムは、大福に似ている。その猫が、私を見上げている。

「なあ、新しい商品? なに作んの?」

生意気な口調で話しかけてきているのは、他でもない。この大福そっくりの白い猫、フクだ。もとい、これは猫ではない。猫だったらこんなに小さくないし、光らないし、喋《しゃべ》らない。

この不思議な生き物の存在も、一か月程度ですっかり見慣れてしまった。

私の目の前をふっと通り過ぎる、赤い鰭《ひれ》の魚。黄金色の翼で舞う鳥、カウンターのそばで宙を歩く、青く輝く鹿……。ここ、『手作り雑貨・ゆうつづ堂』には、不思議な生き物たち——すなわち精霊が、無数に溢《あふ》れている。

『ゆうつづ堂』。この店は、とある海辺の田舎町にぽつんと立つ、小さな雑貨店である。小学校の教室の半分もないくらいの狭い店内に、所狭しと並ぶ様々な雑貨。これらは全て、ひとつひとつが手作りだ。

私、夏凪《なつなぎ》詩乃は、雑貨メーカーの商品開発部に勤める二十四歳の会社員……だったのだが、理由《わけ》あって今はこの店で店番をしている。ついでにこの店の雰囲気に感化されて、自分もちょっと、ハンドメイドで下手くそな雑貨を作ってみたりもしている。

そしてこれまた理由あって、私の目には、動物の姿形をした精霊が見える。それがこの店の中あちこちに浮遊しており、カラフルに光り輝くシルエットを明滅させているのだ。

白猫のフクも、そんな精霊たちのうちの一匹だ。ちなみに数少ない、会話のできる精霊である。今もこうして私のそばへ現れて、なにを作っているのか尋ねてきた。

「作ってるもの？　えーっとね……」

フクの質問に答えようとしたそのとき、引っ張った糸がぷちっと切れた。

「え!?　まだ縫ってる途中なのに」

中途半端なところで切れたせいで、縫い直しだ。フクがあーあと呆《あき》れ顔で言う。

「急に糸が切れるなんてそうそうないだろ。間違って、切れやすい刺繡《ししゅう》糸使ってたんじゃねえの」

「違うよ、ちゃんと強いのを使ってる！　おばあちゃんの作業場から借りてきた糸だから、粗悪品ってわけじゃないと思うし」

「じゃあ、理由はあれか」

フクはぱふっと、尻尾でカウンターを叩いた。

「詩乃の不運体質」

「なら仕方ないかあ……」

それを言われると、かえって開き直れる。そういえば今朝は朝ごはんのトーストで指を火傷《やけど》したし、ゴミ出しの途中でゴミ袋が破けて、掃除をしなおしているうちに収集車が行ってしまった。その上おもむろにテレビを点《つ》けたら放送していた星占いで、私の星座のおひつじ座は最下位だった。

しかしこんな不運の連続など、もはや驚かない。これは今に始まったことではなく、幼い頃からずっとこの不運体質と付き合ってきているのだ。

フクがやれやれと、丸い頭を振る。

「詩乃は不運ではあるけど不注意でもあるかんな。まったく、俺が見守っててやんないと危なっかしくて仕方ないや。世話が焼ける」

なにやら偉そうな口をきいているが、実際、フクが私の不運をどうにかしてくれたことなど一度もない。フクは小さくてふわふわでかわいいくせに、口が悪くて生意気なのである。

「で。作ってるのはね、ブックカバーだよ」

私は途中で切れた糸を解《ほど》きつつ、フクに言った。

「ここ数日ずっと作ってたでしょ、見てたんじゃないの？」

「そうだっけ？」

フクは小さな牙を覗《のぞ》かせて大あくびをした。私を見守っているとか言っていたくせに、これである。私は呆れてため息をつく。

「この前話したでしょ。もうすぐ菫《すみれ》さんが来るから、ブックカバーを作ってプレゼントするんだって。もう最後の仕上げに入ったところだよ」

「菫さん？　って、誰だよ」

またもや、あくび交じりの返事をされる。

「もう、なんにも聞いてないんだから……まあフク、猫だしね。そんなもんか」

針に糸を通し、縫いかけのブックカバーの裏地に刺す。

「菫さんはね、前の会社の先輩。すごく優しくて、大好きだったんだ」

松浦《まつうら》菫さんは、私がこの店に来る前に勤めていた会社の、人事部の事務員さんだ。私より一年先輩で、年齢もひとつ上。ひとつしか違わないのに、なんだかお姉さんっぽい落ち着きのある人だ。私が入社してきたときに諸々《もろもろ》の手続きを手配してくれた人であり、ガチガチに緊張していた私を朗らかに宥《なだ》めてくれた。それ以来私は、なにかと菫さんを頼りにしていたし、菫さんも私にとてもよくしてくれた。

その菫さんから数日前に連絡が来て、なんとこの店に遊びにきてくれるというのだ。都内にある前の会社からは新幹線で三時間、さらに雷車で一時間の片田舎、観光スポットも特にないこの町に、だ。私はその菫さんをお迎えするべく、本好きな彼女に贈るブックカバーを作っていたのである。

今度は切れなかった糸に、慎重にビーズを通す。紫がかった青色の、透き通ったビーズである。夜明けの空みたいな色は、光の当たり方次第で深くも明るくもなり、なんとも美しい。ブックカバーが重くならないように、小さめの粒を少しだけ、添えるように縫い付ける。

「……できた！」

よかった、なんとか間に合った。糸が切れるトラブルのせいで出来上がらなかったらどうしようかと思った。するとまるでタイミングを見計らったかのように、店の扉が開いた。

「こんにちは」

やってきたお客さんの声を聞き、私は手元のブックカバーを一旦カウンターに置いて、立ち上がった。

「いらっしゃいませ、『手作り雑貨・ゆうつづ堂』へ！」

今日はここ一週間、楽しみにしていた日である。連絡を貰《もら》ってからずっと、会いたかった人……菫さんが訪ねてくる日だ。

開いたその扉の向こうから、彼女は姿を現した。滑らかな優しい色味の茶髪をふんわりと肩に下ろした、穏やかな風貌。甘えたくなるような優しげな声。声の主は、長い睫《まつげ》毛を伏せて微笑《ほほえ》んだ。

「こんにちは、詩乃ちゃん」

「菫さん！　お久しぶりです！」

カウンターを飛び出す私を横目に、フクがカウンターにぺたんと顎を置く。

「ふうん、この人が菫、か」

私と菫さんは、久方ぶりの再会を喜んだ。

「よかった、詩乃ちゃん元気そう。急に仕事辞めちゃったから、相当嫌なことがあったのかなって心配してたの」

「あはは、大きなきっかけがあったわけじゃないんですよ。些細《ささい》な鬱憤が溜《た》まって、勢い余って辞めちゃったというか」

当時のことを思い出すと、自分でも苦笑いである。やりたい仕事ができそうな部署に配属されたものの、実際には雑用ばかりでもやもやし、そんな毎日に飽きて退職してしまったのである。人事部にいる菫さんには、いろいろとご迷惑をおかけした。

「急な退職でごめんなさい。いろんな手続きを急がせてしまって、菫さんにも人事部の皆さんにも、申し訳ないことをしました」

私がぺこりと頭を下げると、菫さんは小さく首を横に振った。

「謝らないで。私の方こそ、詩乃ちゃんがつらい思いをしてたことに全然気づけなかった。社員の管理が私の部署の仕事なのに」

「私も、菫さんに相談すればよかったなって、あとになってから思いました」

たまに衝動で行動してしまうのは、私の悪い癖である。菫さんが自嘲的に笑う。

「開発部が大変そうなのは前から知ってたのよ。ほら、あの浮き球風ストラップ事件とか……」

「ああ……あのときは大変でしたね。他の部署にまで手伝ってもらって、菫さんにも来てもらいましたよね」

あの事件は、思い出しただけでも頭が痛い。

かつて私のいた部署、商品開発部が作った商品のひとつに、エスニック風なペンポーチがあった。これのファスナーに、紐で組んだネットでビーズを包んだ、ガラスの浮き球を模したストラップがついていたのだが、このストラップが大量に不良品を発生させたのである。企画は私たちでも、作るのは工場で機械生産なのだが、これに関しては工場の職員の手作業で作られたものだった。不良品のストラップの作り直し作業は工場だけでは追いつかず、本社社員も、手の空いていた者であれば部署も役職も関係なく借り出される事態になったのである。

開発部にいながら雑用係になっていた私も、当然この作業に配備された。朝から夜まで延々とストラップを編んでいた。残業に時間を食いつぶされて、観たいドラマを見逃した。不運である。

「思えば、私、人生初のハンドメイドはあの浮き玉だったかも」

当時は「なんで私が」と嘆いたが、今となっては懐かしい思い出である。菫さんは、ゆっくり辺りを見回した。

「驚いたわ。急に辞めちゃった上に、次のお仕事が遠く離れた町で雑貨屋さん、なんて」

「そうですね、私もまさか、ここで働くとは思ってませんでした」

私も顔を上げて、店の中を見渡す。そういえば、私がこの店にやってきた最初の理由は、単なる気分転換だった。

「あんまり後先考えずに辞めちゃったのを、悔やんでないといえば嘘《うそ》になります。けど、この町に、この店に来たことは後悔していません」

店の入り口に並ぶガラスのジオラマ、その横にはグラスやキッチン小物。手前のテーブルにはブレスレット、髪飾り、棚にはネックレスやペンダントが垂れ下がる。きらきらした飾りのボールペン、ストラップ、置物なんかも置かれ、天井にはステンドグラスの照明やオーナメントが輝いている。そのひとつひとつに、つややかな石の粒が煌《きら》めく。

菫さんは目を細め、うっとりと感嘆した。

「すっごくきれいなお店よね。これ、全部手作り？」

「はい」

「それでかしら、優しい温かみを感じるわ」

店内を舞う精霊が、きらきらと輝きながら菫さんの手元を漂う。彼女の横顔に光の粒が散る光景は目が奪われるほどきれいだが、あいにく菫さんには、精霊の姿は見えていない。

菫さんが雑貨たちに顔を近づけ、こちらを振り向いた。

「ねえ詩乃ちゃん、このお店の雑貨って、どれも鉱石みたいなのがついてるのね」

「そうなんです。それ、パワーストーンなんですよ」

『ゆうつづ堂』の雑貨のこだわり、その一。どの雑貨にも、パワーストーンがあしらわれていること。パワーストーンとはいわゆる天然石、美しい色をした石である。

私は髪を耳に引っ掛けて、自身の左耳のイヤーカフをあらわにしてみせた。

「これも、ほら。私のイヤーカフも、白水晶なんです」

水滴のような、色のない透き通った石。これは私の、宝物のイヤーカフだ。

大自然が生み出したカラフルで煌びやかなパワーストーンたちには、不思議な力があると信じられている。たとえば、私のイヤーカフの白水晶。これは持つ人に幸福を引き寄せ、ネガティブな気を取り払うという。言ってみれば、幸運のお守りだ。

菫さんは、目をきらきらさせた。

「きれいね。あら、垂れ下がってるのは、猫のモチーフ?」

私のイヤーカフを見て、彼女は、店内の他の雑貨にも似たチャームがあることに気づいた。

「こっちのは鳥！　いろいろあるのね」

「そうです。猫も鳥も、幸運のシンボルなんですよ」

これは『ゆうつづ堂』の雑貨のこだわり、その二。石の意味になぞらえた、生き物のモチーフをつけること。幸運の象徴とされる猫、幸せを運んでくる鳥。恋のお守りの石なら愛のシンボルである鳩《はと》、仕事を成功させるお守りなら跳躍を意味するウサギなど。

そして、実はこれは。

「へえ、素敵ね」

鳥のチャームのブレスレットを手に取った彼女の腕へ、きらきらと煌めく青い鳥がとまった。ブレスレットを置いてウサギのペンダントを眺めはじめると、今度は紫色のウサギが、彼女の周囲を舞う。

実は私の目に見えている、この光の動物……精霊たちは、この店の雑貨に宿っているのだ。雑貨にあしらわれた生き物もモチーフは、この精霊の姿に揃《そろ》えているのである。

といっても、精霊の姿はお客さんには見えないわけだが。

レジ横で眠たそうにあくびをしている白猫のフクは、私のイヤーカフの精霊である。

白水晶の猫だから、毛皮も白い。

菫さんはより一層興味深そうに、店の雑貨たちを見て歩いた。

「石ってこんなにいろんな色があって、きれいなのね。私、パワーストーンにあんまり詳しくなくて……宝石なんて、ダイヤモンドとかパールくらい有名なものしか知らないもの」

「私もそうでしたよ！　むしろ、おまじないなんて嘘っぽくて興味なかったくらいです。でもこの店に来てから、勉強しました。なかなか奥が深くって、面白いですよ」

私はそう言って、カウンターへと戻った。菫さんに自由に店を見てもらい、自分はカウンターの裏に隠した、一冊の本を手に取る。うたた寝していたフクが、ぴくっと耳を立てる。

「『鉱石辞典』……かあ」

フクの声が、私の手の中の本の題を読む。この本は私の人生を変えた。

ページを捲《めく》った先には、様々なパワーストーンの絵が描かれている。私が開いたページには、紫がかった青色の石がよく目立っていた。絵の下には、何語ともつかない不思議な言語でその石の力に触れている。全然知らない文字なのに、なぜか私の目にはしっかりと、「アイオライト」と解読できた。

この本、こと『鉱石辞典』は、精霊の力が宿る本らしい。見たことのないようなこの文字も、精霊の言語なのだとか。いや、そんな胡散臭《うさんくさ》い話は私も未《いま》だ半信半疑なのだが、この本に触れて以来精霊が見えるし、文字も読めるようになったので、案外嘘とも言い切れない。なんでも私のおじいちゃんが、外国を旅していたときに精霊の集落を訪れ、その際に持ち帰ったお土産なのだと聞くが……真偽は定かではない。

いずれにせよ私は、この本のおかげで精霊が見えるようになり、この本を読んで石について学んだ。そしていつの間にか、石の持つ不思議な魅力に惹き込まれていったのだった。

菫さんが冗談ぽく言う。

「パワーストーンがこんなにあるなら、ここは神秘的な力に満ちてるのかも。詩乃ちゃんってなにかと不運な目に遭いがちだったけど、このお店にいれば不運も消えちゃいそう」

「それがまったく！　今日も朝からパンで火傷、ゴミ収集車に間に合わない、占い最下位のトリプルコンボを食らいました！」

ははは と笑い飛ばした私に、菫さんは苦笑いした。

「パワーストーンって、いったい……」

カウンターの上のフクが、無言で私を睨《にら》んでくる。幸運の白水晶を身につけて、白水晶の精霊が私を見守っていても、この有様だ。

「でもアツアツのパンを床に落としてはいませんし、ぶちまけたゴミは拾いなおしてまた次のゴミの日に出せばいいんだし、占いはあんまり気にしない」

私は開きかけの本を閉じて、またカウンターの内側へとしまった。

「石の力を借りても、私の不運は直りませんでした。ただ、私自身が少し、ポジティブになれただけ」

屈《かが》むとチャリッと、耳元のイヤーカフが涼しげな音を奏でた。

「そういうものなんじゃないでしょうか、パワーストーンって」

それは、私がこの店で働いてみて行き着いた、ひとつの結論である。石の持つ不思議な力に縋《すが》り付くのではなく、「これがあるから大丈夫」と思えるスイッチとして身につける。そうした気持ちが、自分自身を強くする。勇気を後押しして、一歩先へと導いてくれる……そういうものなのではないか、と。

フクが私を見上げ、尻尾をぽふぽふ揺らしている。なにか言いたげな目をしているが、私が接客中なのでおとなしく我慢している。

菫さんは口を結んで、私の話を聞いていた。やがてふっと、和やかな微笑を浮かべる。

「やっぱり、素敵ね。石も素敵だし雑貨も素敵だし、詩乃ちゃんの考えかたも素敵。私もひとつ、なにか身につけてみようかしら」

「興味持ってもらえました？　嬉《うれ》しいです」

カウンターに肘を載せ、少し身を乗り出した。

「身につける石は、石の持つ意味で選んでもいいし、色や模様が好きな、心惹かれたものを選んでもいいんですよ。どれか気になるもの、ありますか？」

「うーん……どれもきれいで目移りしちゃう」

菫さんは迷いながら、でも楽しそうな顔で雑貨を見ている。彼女のそばに精霊が寄ってきては離れ、また寄ってきては離れていく。精霊たちの動きを見た感じ、たぶん、今の菫さんに大きく欠けているものはない、と勝手に推測した。

精霊たちは、特に意思を持たない。フクくらい実体がはっきりしていればものを考えたり喋ったりするが、基本的には、生き物の形をした光の靄《もや》として漂うだけである。でも、ただ風に流されているのではなく、必要とする人に引きつけられていくようだ。例えば、恋に悩んでいる人のもとへは恋愛成就の石の精霊が、転職を考えている人のところには転機に希望をもたらす石の精霊が、といった感じだ。

雑貨をじっくり選んでいる菫さんをしばらく見ていると、ついにフクが痺《しび》れを切らした。

「おい、本当は渡したいもの準備してたんだろ。早く出せよ」

「もう、せっかちなんだから」

かくいう私も、そろそろ見せたい気持ちが溢れそうになっていた。カウンターの裏に隠していたそれを、手に取る。

「あの、菫さん。これは私が選んだものなんですが……」

声をかけると、菫さんがこちらを向いた。私はカウンターを出て、彼女のもとへと〝それ〟を持っていく。見るなり、菫さんは目を見開いた。

「わあっ、かわいいブックカバー！」

先程まで縫っていた、ブックカバーである。紺色の花柄の布地に、白い布で差し色を入れ、その白いラインに小粒の青い石をちりばめた。隅には、小鳥のチャームでワンポイントをあしらっている。糸が切れるトラブルを乗り越えて無事に完成した、手作りブックカバーだ。

「すごい、詩乃ちゃんが作ってくれたの？」

「はい。まだまだ修業中なんで、細かいところは目を瞑《つむ》ってほしい仕上がりなのですが……」

ちょっと照れくさくなって今更縮こまってしまったが、そんな私のたじろぎ以上に、菫さんは喜んでくれた。

「私が読書好きなのも覚えててくれたのね。嬉しい！　あ、このピース、もしかしてパワーストーン？　なんて石？　どんな意味があるの？」

高揚して一気に捲《ま》くし立ててくる。こんなにテンションの高い彼女を見たのは初めてで、私も自分の作品の拙《つたな》さが気にならなくなるくらい嬉しくなってきた。

「その石は、アイオライトっていう石です。菫さんの好みとか確認しないで、私が選んじゃいましたけど……これ、初めて見たときから『菫さんっぽいな』って感じた石なんです」

落ち着いた深いブルーに、静かな輝き。透明感。『鉱石辞典』でこれを見た瞬間、彼女の顔が浮かんだ。

「しかもこのアイオライト、和名が菫という字に青い石と書いて『菫青石《きんせいせき》』っていうんです。すみれ色だからでしょうけど、なんかそこも含めて菫さんに似合ってて。もし会うことがあったらこの石を贈りたいなと思ってたんです！」

「すみれの石！　知らなかった、私と同じ字の石があるなんて……！」

菫さんがますます、ブックカバーのアイオライトに釘付けになる。私ははにかみながら付け足した。

「石の雰囲気とか名前で選んだから、意味とかはあんまり考えてないんです。身につける石は意味で選んでもいいし、色や模様の好みで選んでもいい。私が菫さんに似てるなって思った、そんな理由で選んでもいいかなって。けど、もしかしたらもっと菫さんに合った石もあるかもしれないと思って、店の中を見てもらってました」

「ううん。私、詩乃ちゃんが選んでくれたこの石が、いちばん好き」

菫さんは、愛《いと》おしそうにブックカバーを抱き寄せた。

「びっくりした。詩乃ちゃんはこんなきれいな石を見て、私を思い浮かべてくれるのね。それがすっごく嬉しい」

菫さんの瞳がきらきらしていて、きれいだ。見ているこちらも頬が緩む。そうだ、私はこの瞬間が好きで、この仕事が好きなのだ。雑貨を手にしたお客さんが、いちばん嬉しそうな顔になる瞬間。殊に、それが自分の作った雑貨が引き出した顔なら尚更《なおさら》だ。

「どうしよう、早く使いたいのに使うのがもったいない」

「使ってください！」

「本当にありがとう、詩乃ちゃん。大切にするね」

菫さんの笑顔が眩《まぶ》しい。

「きっと私、このブックカバーを見るたびにこの気持ちを思い出して、元気になれる」

きらきらと、彼女の手元に青い光が見える。鳥の形をしたそれは、菫さんの顔を見上げているように見えた。

と、そこへ、再び店の扉が開いた。私は反射的に背筋を伸ばす。

「いらっしゃいま……あ、おばあちゃん！」

ふわりと広がるスカートの裾、胸元で光るエメラルドとオパールのペンダント。入ってきたのはお客さんではなく、私のおばあちゃん、夏凪叶子《かなこ》である。おばあちゃんはにやら、腕に大きな紙袋を抱えてご満悦だった。

「ただいま詩乃ちゃん！　見て見て、これ。お向かいの焼き菓子屋さんからたくさん差し入れいただいちゃったわ！　どれもすっごくおいしそうよ。一緒に食べましょ」

華やかで無邪気で、年齢を感じさせない若々しさ。まるで歳《とし》をとらない魔法使いみたいだ。私は彼女に釣られて、頬を緩ませた。

「へえ！　ありがたいね。お向かいのお店のお菓子おいしいから、楽しみだな」

私が店番をする『ゆうつづ堂』は、本来はこのおばあちゃんの店である。この店の雑貨の数々も、ほとんどがおばあちゃんの作ったものだ。ただ、最近はこんなふうに私に店を任せて本人はどこへ出かけがちなのだが。

この店の店主だけあって、おばあちゃんは手先が器用で、そしてパワーストーンに詳しい。私の耳に煌めくイヤーカフも、おばあちゃんの手作りなのだ。

おばあちゃんは菫さんを見て、ご機嫌な顔をもっと嬉しそうに輝かせた。

「あらこんにちは！　お客さんがいらしてたのね。もしかして、あなたが菫さん？」

「え⁉」

私も菫さんも、同時に同じ反応をした。カウンターでうとうとしていたフクも、ぎょっと顔を上げている。まだ菫さんは名乗っていないし私からも紹介していないのに、おばあちゃんは一瞬で見破った。おばあちゃんはうふふとはにかむ。

「詩乃ちゃんから聞いてるわ。今日は大好きな先輩が来るって。仲良さそうに話してるからすぐにわかったわよ」

それから菫さんの手元を見て、頷《うなず》く。

「アイオライトのブックカバーを持ってる。ってことは、正解ね」

うちのおばあちゃんは、のほほんとした雰囲気をまとっているわりに、こういう鋭さがある。

そんなやりとりをしていると、おばあちゃんが開けっ放しにしていた扉から、幼い少年がぴょこんと顔を覗かせた。

「もう、叶子さん。あんまり走るとまた転びますよ」

つやつやと煌めく白っぽい髪に、青みがかった緑色の瞳。幻想的な姿をしたその少年を、おばあちゃんが振り向く。

「ふふ。また怪我《けが》でもしたら、詩乃ちゃんに申し訳ないものね」

「話しかけた僕が言うのも変ですけど、僕に返事をすると菫さんには叶子さんのひとりごとに見えちゃいますよ？」

この面倒見のいい少年……ユウくんは、菫さんの目には映らない。彼は一見人間のように見えるが、これでいて精霊なのである。おばあちゃんが大切にしているエメラルドとオパールのペンダントに宿っており、その持ち主であるおばあちゃんに、いつもくっついている。おばあちゃんの目にも、精霊は見えている。彼女もまた、『鉱石辞典』に触れているのだ。

「元気になったのはなによりですが、一度怪我したところは癖になってまた怪我しやすいんですからね。気をつけてくださいよ？」

ユウくんの話すとおり、おばあちゃんはつい最近まで、足を骨折して入院していた。私も、それに頷く。

「また病院に逆戻りなんてやめてよ？　病院だと針仕事もできなくて退屈だったで

しょ」

私たちを見ていた菫さんが、あ、と口を開く。

「そういえば、詩乃ちゃんがこのお店で働いてるの、おばあちゃんのお怪我がきっかけだったね。今はお元気そうでなによりです」

そうなのだ。私がこの店で店番をしているそもそもの経緯は、それだ。おばあちゃんが店に立てなくなったので、私が代わりにカウンターに入ったのである。完治までに時間はかかったが、このとおり、おばあちゃんは今はもう完全復活している。

おばあちゃんはちょっと決まり悪そうに、それでいて開き直って笑った。

「まあまあ、いいじゃない。せっかく歩けるんだもの、健康なうちにいろんな場所へ出かけていろんなものを見たくなったのよ。そうだ、今度花屋の奥さんと漁港のお嫁さんたちと一緒に旅行に行くことにしたの！」

「フットワーク、軽くなったねえ」

苦笑する私の肩に、ちょんと軽いものが触れた。見ると、カウンターで寝そべっていたフクが、私の肩にやってきている。

「なんか今まで以上に、町の人たちと仲良しになってるし。楽しそうだからいいけどよ」

怪我を克服して自由に歩ける喜びを実感してしまったおばあちゃんは、散歩やら旅行やらが大好きになった。今日も店を私に任せて、町内会の奥様たちとランチに出かけていた。健康を尊んで人生を謳歌しているところも彼女らしくて素敵だが、ユウくんの言うとおり、怪我にだけは気をつけてほしい。

「いくら元気でも、もう歳なんだから。あんまり弾《はじ》けないでね」

「うふふ。だって私がちょっとくらい出かけても、詩乃ちゃんがお店を守ってくれるんだもの。安心してどこへでも行けちゃうわ」

おばあちゃんにそう言われ、私はちょっと面食らった。私を全面的に信頼して、大事な店を任せてくれる……こういう甘え上手なところがあるから、私も悪い気がしなくておばあちゃんには自由にしてもらっている。おばあちゃんはさらに、いたずらっぽく言った。

「それに最近は、詩乃ちゃんもハンドメイドを嗜《たしな》むようになったじゃない？　もう店番だけじゃなく、新商品も全部お任せできちゃうわね」

「それはさすがに無理だって！　ど素人の私の作るものなんて、売り物にするには早いよ」

なんて、店の中には数点だけ、私の作ったものもあるのだが。でも、それらもおばあちゃんに仕上げてもらってようやく売り物になったものであり、私だけの力ではまだまだどうにもならない。おばあちゃんには、ずっと健康でいてもらわないと困る。

　おばあちゃんは菫さんに話しかけた。

「さて、菫さん。これからお時間あるかしら？」

　紙袋を抱え直し、微笑む。

「よろしければ、これから一緒にお茶しない？　お向かいのお店のマドレーヌは絶品よ」

「わあ、光栄です。叶子さんとぜひ、お話ししてみたかったんです！」

　菫さんはブックカバーを大切そうに抱きしめて、目をきらきらさせた。おばあちゃんは嬉しそうに花笑むと、店の奥の暖簾《のれん》を潜《くぐ》ってお茶の準備に入った。ユウくんも慌てて追いかける。私は消えていくおばあちゃんの背中と菫さんとを交互に見た。

「ちょっと、おばあちゃんマイペースすぎ！　菫さん、おばあちゃんがすみません。本当に大丈夫ですか？」

　自由奔放なおばあちゃんのペースに乗せられて、困っていないかと心配したのだが、菫さんはむしろ、わくわくした面持ちで頰を紅潮させていた。

「大丈夫！　詩乃ちゃんから話は聞いていたけれど、素敵なおばあちゃんね。明るくて朗らかで、もっとお話、聞きたくなっちゃった」

　彼女の横顔を見て、私はハッとした。肩のフクが、自分が褒められたみたいにしたり顔になった。

「当然。叶子はすげえんだ。もっと褒めろ」

私も、釣られてフクと同じ顔になった。

「自慢のおばあちゃんなんです」

自由人で唐突で大胆で、ちょっぴり変人で、とても温かい人。おばあちゃんは、私が誰より尊敬する大好きな人だ。

菫さんの瞳がこちらを向き、ふっと細くなる。

「詩乃ちゃん、とっても幸せそう」

「え」

「一緒に働いてた頃は、そんな顔、見たことなかった。このお店とおばあちゃんが、心から大好きなのね」

菫さんに言われて、私は思わず自分の頬に手を触れた。数か月前の自分と今の自分の表情の違いは、自分ではよくわからない。でも、これだけはたしかだ。

「はい。私、ここが自分の居場所だと思ってます」

＊　＊　＊

あれから店を早めに閉めて、私たちは客間でお茶会を開いた。差し入れの焼き菓子もおばあちゃんの淹《い》れた紅茶もおいしくて、話が弾む。菫さんとお互いの近況を話したり、懐かしい同僚の話が出たり、私がこの店に来てからのこともいろいろ話した。思えば、語りつくせないくらいいろんなことがあった。新しい出会いがいくつもあったし、接客や雑貨作りやマルシェへの出店など未経験の仕事にも挑戦した。だいたい最初は、ハンドメイドなんて自分がやるようになるとは思ってもみなかった。きっかけがなかったら今の私はいない。菫さんの抱えるブックカバーも、生まれることはなかった。

「なんか、詩乃ちゃんが羨ましいな」

菫さんは、焼き菓子を片手に呟《つぶや》いた。

「こういうお店で好きなものに囲まれて、のびのびとお仕事するのって、充実してるよね。新しいことにも挑戦して、どんどん成長して……」

改まってそう言われると、私は面食らって返事に詰まった。自分では意識していなかったが、菫さんの目には私がそんなふうに映っているらしい。言われてみれば、やりたいことができなくてくすぶっていた会社員時代に比べ、毎日が華やかに色づいた感じがしている。

「菫さん、今のお仕事、楽しくないんですか？」

慎重に聞いてみると、彼女は笑いながら首を横に振った。

「ううん、今は今で楽しいわ。幸いうちの部署は気のいい人ばかりで、仲がいいしね。でも、実は夢があってね」

菫さんが焼き菓子をひと口齧《かじ》り、うっとりした面持ちで続ける。

「いつか、カフェを開いてみたいの」

「カフェ！」

「うん。読書カフェっていうのかしら、大きな本棚を置いて、本をたくさん用意してね。自然の豊かなところで、寛《くつろ》ぎながら本を読めるカフェ」

のんびり話す彼女の言葉が、そのまま頭の中にイメージされる。想像するだけでも素敵な場所だ。菫さんの穏やかな人柄も、雰囲気にぴったりである。

「すごい。そのお店、行きたいです」

「いいわね！　ぜひこの町でオープンしてちょうだいな」

おばあちゃんも両手をつき合わせて絶賛する。菫さんは、気恥ずかしそうにはにかんだ。

「まだ夢の段階よー。そういう人生もありかなあってだけ。それにさっき話したとおり、今の職場も好きだから、辞めたいとは思わないもの」

「そうね、今すぐ決める必要はないと思うわ」

おばあちゃんはにこりと目を細め、紅茶を啜《すす》った。

「夢を見ながら別のお仕事をするっていうのも、素敵なことだもの」

「えー、私はすぐにそのカフェ行きたいよ」

私がおばあちゃんに不満顔を向けると、おばあちゃんはおかしそうに私を窘《たしな》めた。

「なんでも急げばいいってものじゃないのよ？　定年退職してからのんびりとオープンすると目標を立てて、若いうちにいろんな経験を積むのだっていいじゃない」

いろいろ学んで歳を重ねて、充実した老後を楽しんでいるおばあちゃんがこう言うのは、なかなかの説得力である。

「それもそうか。私も、ここで働いてるのはなりゆき、というか、縁だし」

「縁……」

菫さんが呟くように繰り返す。おばあちゃんは、優しい眼差《まなざ》しで菫さんに言った。

「アイオライトは、進むべき道へと導いてくれる羅針盤の石といわれているのよ。時が来たら、どうするか自然と決まるんじゃないかしら」

「そっか……」

　菫さんはひとつ、まばたきをした。

「実はちょっと、焦りがあったんです。このままだと今の仕事も夢も、どっちも中途半端になっちゃうんじゃないかって……。でも、そうですね。焦ったって、いい判断できないですよね」

「あら。でも今がそのときなら今すぐオープンしたっていいのよ。私だってすぐにでも行きたいんだから」

　おばあちゃんが冗談っぽく付け足すと、菫さんもおかしそうに笑った。

　彼女の晴れやかな顔を見て、私は改めて、おばあちゃんの横顔を窺《うかが》い見た。やはりおばあちゃんはすごい。応援しつつもただ背中を押すだけでなく、ちゃんと菫さんのペースを優先して、無責任なことは言わない。そんなおばあちゃんは優しくも凜《りん》としていて、かっこいいのだ。

　楽しい時間はあっという間に過ぎていき、気がついたら夕方まで話し込んでいた。菫さんを駅まで送ると、彼女は改札の向こうから「また来るね」と約束して、ブックカバーを大事に抱えてホームへと消えていった。

彼女を送り出して家に戻り、おばあちゃんとお茶会の片付けをする。カップを洗うおばあちゃんは、私にのんびり話しかけてきた。

「ねえ詩乃ちゃん。石もね、長い時間をかけていくとだんだん性質が変わってくるのよ」

「へえ」

「アイオライトもそう。どんなふうになると思う？」

おばあちゃんに出されたクイズに、私はしばし首を傾《かし》げた。アイオライトのことは、なんとなく菫さんっぽいなあと思ったくらいで、石自体についてはあまり知らない。

「うーん……色が変わるとか？」

「ふふふ。興味があったら、今度調べてみなさいな」

結局おばあちゃんは答えを教えてくれなかった。こういういたずらなところも、おばあちゃんらしい。

私はおもむろに投げかけた。

「ところでおばあちゃん、旅行に行くって言ってたよね。楽しんできてね」

「そうなのよ。旅行先はなんとイタリアよ、イタリア。行ってみたかったのよね。海外って、おじいちゃんはしょっちゅう出かけてたけど私はいつも留守番だったもの。羨ましかったのよ」

「おじいちゃんが旅に出てたのは遊びに行ってたんじゃなくて、研究……って、え⁉ イタリア⁉」

勝手に国内小旅行だと想像していた私は、思わず耳を疑った。海外旅行だったとは、おばあちゃんには驚かされてばかりである。おばあちゃんの手元から、カップをすすぐ音がする。

「うん、三泊五日くらいでって話してる。詩乃ちゃんも一緒に行く？」

「私はパスポート持ってないから遠慮しとく」

「そう？　長い滞在じゃないけれど、その間はまた私はお店を離れちゃうわね。詩乃ちゃんも適当に休んでくれて構わないわよ」

ゆるいというか、ある意味無頓着というか。まあ、この気軽さのおかげで、私も肩肘張らずに働けるのだが。

おばあちゃんは天井を仰いでうっとりした。

「外国の景色を見たら、またインスピレーション湧いちゃうわねえ。観光名所や現地の料理をイメージしたアクセサリーとか作れるかも。あ、写真立てもいいわね！　旅先で撮った写真を飾るのよ」

楽しそうに鼻歌を歌う彼女の背中を見て、私はつい、くすっと噴き出した。旅行や散歩などアウトドアな趣味が増えたおばあちゃんだが、なんだかんだハンドメイドに帰結する。やっぱりこの人は、生粋のクリエイターだ。

片付けていたテーブルの縁に、フクが丸くなっている。私は食器をしまう手を止めて、白い毛玉に問いかけた。

「そうだ、フク。さっき私が菫さんと話してたとき、なにか言いたそうじゃなかった？」

菫さんに、パワーストーンというものがどんなものか、話していたとき。私の解釈だが、石自体に魔法の力があるのではなく、自分自身がポジティブになれるスイッチである、みたいなことを言っていたときだ。あのときフクは、尻尾を揺らしつつ私を見上げていた。

フクは丸っこい尻尾をふわりと持ち上げ、テーブルに落とした。

「別に。詩乃もまああ、わかってきたなーって思っただけ」

「お。珍しい。フクから激励」

フクの言い回しはまったく素直ではないが、これは私が『ゆうつづ堂』の店番として成長したのを褒めてくれているのだ。この子のあまのじゃくな態度にも慣れてきた私には、しっかり伝わる。にんまりにやけた私に、フクはくわっと小さな牙を剥《む》いた。

「まあまあだよ、まだまだだかんな！　詩乃はまだまだ未熟中の未熟で、叶子の足元にも及ばないんだかんな！」

「はいはい、頑張りますよ」

チャリンと、耳元でイヤーカフが揺れる。窓の外では、暮れはじめた空にいちばん星が輝いていた。

Episode 2　アパタイトの架け橋

「詩乃ちゃんってさあ、もしかして霊感ある？」

とある水曜日の午後、『ゆうつづ堂』の店内。カウンターにもたれかかるスーツ姿のお兄さんが、私に問いかける。

「実は幽霊が見えてるとか、そんなことない？」

この人は青嶋《あおしま》さん。鉱物の加工品やハンドメイド用の部品を取り扱う、販売会社の営業さんだ。この店にも、しょっちゅう営業に来る。

「幽霊、ですか？」

困惑気味の私に、彼はへらっと笑って頷いた。

「俺、ホラー映画とかすっげー好きなんだけどさ、自分には霊感らしきものは全然ないんだよね。幽霊見えたら楽しそうじゃね？」

青嶋さんの寄りかかるカウンターの上で、フクがじろりと、彼の背中を睨む。

「このサボリーマン……なにしに来たんだ」

営業に来ている……はずなのだが、このとおりリラックスして雑談だけして、とくに仕事の話はせずに帰ることも多い。おかげでフクやお客さんたちから、サボり魔扱いされている。サボりに来るなと戒めるべきなのかもしれないが、『ゆうつづ堂』もお客さんがまばらで暇なので、私としても彼との雑談タイムは嫌いではない。

「私も霊感なんてないですよ。幽霊、とくに見たいとも思わないですけど」

青嶋さんの周辺に、きらきら光る淡いブルーの影が見える。靄のようにゆらゆらと揺らめいて形が曖昧だが、イルカの形をしているのが見て取れる。これは彼が携帯にぶら下げている、アクアマリンとブルーレースアゲートのストラップに憑《つ》く精霊だ。空気の中を泳ぐその自由な姿を、無意識に目で追ってしまう。

彼の携帯ストラップは、おばあちゃんが作ったものだ。銀のイルカの横にスエードの紐が二本下がっており、その先にそれぞれアクアマリンとブルーレースアゲートの丸いビーズが下がっている、シンプルなデザインのストラップである。デザインがシックなせいか、そこに宿る精霊のイルカも、心なしかスタイリッシュに見える。

「それで、なんでそんなこと聞くんですか？　面白い映画でも観ました？」

彼の問いかけに逆に問い返すと、青嶋さんはんー、と小さく唸《うな》った。

「詩乃ちゃん、なんか見えてそうだったから。時々、なんにもないところ眺めてるじゃん？」

そう言われて、私はぴしっと固まった。フクの尻尾も強《こわ》ばる。

今まさに、私は青嶋さんのイルカを視線で追いかけていた。精霊が見えていない青嶋さんからすれば、私は虚空に目を泳がせているように見えただろう。

ああ、気をつけていたのに……と、内心頭を抱えた。青嶋さんはサボリーマンのくせに、妙に観察眼が鋭い。私の視線の動きに、しっかり気づいていたようだ。とはいえ、逆に「実は精霊が見えます」と話したところで信じさせる方が難しいのが現実だ。私はごまかし笑いで乗り切った。

「まさか！　私の目が泳いでるときは、なんか考え事してるだけですよ。夕飯のメニューとか、新しい雑貨のイメージとか」

「なんだ。夕飯ねえ、なに食べよっかな」

青嶋さんが天井を見上げる。しつこく聞いてこない人で助かった。あっさり話が逸《そ》れてほっとしていると、フクが小声で言った。

「あっぶね。気づく奴《やつ》は気づくんだよな。詩乃、気をつけろよ？　見えてるもんを無視しろって方が難しいかもしんないけど」

初めて精霊が見えるようになったとき、おばあちゃんから言われていた。精霊を見つめたり話しかけたりすると、精霊が見えない人から奇異の目で見られる。おばあちゃん自身も、親戚から変わり者扱いされていて、彼女の娘である私のお母さんもおばあちゃんのことが苦手そうだった。だから人前ではなるべく精霊のことは無視しないといけないのだが、今はつい気を抜いてしまった。

青嶋さんがぽんと手を叩く。

「そうそう、幽霊と言えばさ。この町の小学校にも七不思議があってさ、ガキの頃それを検証しようとして、友達と一緒に夜中の学校に侵入したんだよ。普通に当直の先生に叱られたわ。いやあ、やんちゃだったなー」

「そっか、青嶋さん、この町が地元なんでしたね」

以前彼から聞いたが、青嶋さんは一時期上京していて、こちらに戻ってきて今の会社に就職したらしい。

「七不思議かあ、なんか青嶋さんの子供時代、そういうの好きそうですよね。私だったら怖がって行けなかったかも」

「詩乃ちゃんは怖いの苦手？」

「今はそんなでもないけど、子供の頃は怖がりでしたよ」

私はカウンターに肘をついて、自分の小学生時代を回顧した。

「当時から不運だったんで、学校で怪談を聞いた日に限って、家族の帰りが遅かったりするんですよ。怖いのを紛らわそうとしてテレビを点けたら、よりにもよってホラー特番やってるし、しかも再現VTRのいちばん怖いところ」

「ははは。笑っちゃかわいそうだけど、面白いな」

青嶋さんが軽やかに笑い飛ばす。今となっては笑い話だが、当時の自分にとっては深刻な悩みだった。怖いのは苦手なのに、クラスの友達は怪談で盛り上がっていた。輪に入っていけないと仲間はずれにされてしまいそうで、無理に付き合っては夜に眠れなくて後悔する。

大人になった今でこそ、無理せず気の合う友達と過ごせばよかったのに、と思う。でも子供の頃は学校という狭いコミュニティの中に自分の居場所を作るのに精一杯で、できる限り周りと歩調を合わせないといけない気がしていたのだ。

フクが尻尾を揺らして、ひとりごとを漏らす。

「ホラー特番かあ。この前、叶子がB級ホラー映画観てたら、ユウが怯《おび》えて泣きべそかいてたな」

それはちょっとびっくりだ。ユウくんだって精霊という超常現象のくせに、おばけが怖いのか。ああでも、ユウくんは店内を漂う精霊たちより、人間の子供の方に近い。フクも、見た目は猫だが言葉を話し、僅かながら実体らしきものがあり、触るとほんのり温かい。他の精霊よりも、生き物っぽい。

フクとユウくんが他の精霊と違うのは、注いだ想《おも》いの強さではないか、と勝手に推測している。ユウくんはおばあちゃんがおじいちゃんから貰ったペンダントに宿っており、おばあちゃんはこのペンダントをおじいちゃんの形見として大切にしている。フクのイヤーカフはおばあちゃんが私にくれたもので、おばあちゃんの私への愛情が詰まっている。

ただしこの子たちも、最初は他の精霊と同じく光の靄だったそうだ。おばあちゃんに大切にされていくうちに、今の姿に変わったらしい。詳しいことはおばあちゃんにも精霊本人にもわからないそうだが、このふたりに限ってこうなのは、やはり特殊な条件下にあるからだと思う。

精霊は、想いの強さに応じて徐々に成長する。たぶんそうだ。根拠はないが。

青嶋さんとのんびりしていると、店の扉が開いた。入ってきたのは、散歩から帰ってきたおばあちゃんである。

「ただいま！　あら、青嶋くんが来てる」

「叶子さん！　お帰りなさーい」

青嶋さんが私より早く反応して、おばあちゃんを出迎える。この人はもとから人懐っこい犬みたいな人だが、おばあちゃんには特に尻尾を振る。どん底にいたときにおばあちゃんに救われた過去があり、恩を感じているそうだ。おばあちゃんに会いにきているというのも、彼がこの店に通う理由のひとつだ。

と、そんなおばあちゃんの後ろに、子供の影が見えた。ユウくんかと思いきや、ユウくんはさらに後ろから追ってきている。おばあちゃんに手を引かれているこの子に、私も青嶋さんも注目した。

小学校低学年くらいだろうか。おばあちゃんの腰の高さほどしかない小さな体の、おとなしそうな男の子だった。顔は涙で濡れていて、今もぐすぐすとしゃくりあげている。

「おばあちゃん、その子は?」

私が尋ねると、おばあちゃんは優しげな目で男の子を一瞥《いちべつ》した。

「散歩してたら見つけたの。河川敷でひとりで泣いてたから、放っておけなくてね。もうちょっと落ち着いてお話したくなったから、一緒に来てもらったの」

後ろでは、ユウくんが苦笑していた。

「一歩間違えたら誘拐で怒られちゃいますよ。お人好《ひとよ》しというか、なんというか……」

こういうところも、おばあちゃんのすごいところだと思う。いくら泣いているからといって知らない子供に声をかけ、店までついてこられるくらいに安心させてしまう。

男の子は鼻をすんすんいわせ、おばあちゃんのスカートにしがみついていた。おばあちゃんの瞳が、私の方に向く。

「詩乃ちゃん、温かいココアを入れてきてくれる？」

「うん！」

私は言われるままに、ココアを作るために店の奥へと引っ込んだ。

＊　＊　＊

カウンターの前に椅子を出して、男の子を座らせた。ココアを飲みはじめて数分もすると、彼の涙はようやく止まったようだった。

「落ち着いたか？」

青嶋さんがカウンターに頬杖《ほおづえ》をついて、男の子に語りかける。まるで店の人みたいになじんでいる。カウンターの向こうでは、フクとユウくんが話していた。

「叶子、また困ったのを連れてきたな」

「叶子さんは優しいからね」

「優しいっつうか、お節介焼きっつうか。まあ、叶子の性格じゃ、こうするか……」

精霊たちも呆れ半分である。

徐々に落ち着いてきた男の子がこくんと頷くと、青嶋さんは引き続き彼に問いかけた。

「で、なんで泣いてたん？」

「僕、弱虫だから」

初めて聞いたこの子の声は、まだ力なく震えていた。

「クラスの友達の間で、七不思議が話題になってて。皆で夜の学校に忍び込んで、旧校舎を探検することになったんだ」

話しながらだんだん声が弱々しく細っていく。私と青嶋さんは、顔を見合わせた。彼が真顔で呟く。

「あの七不思議、まだ現役だったのか」

どうやらこの、青嶋さんの小学校の後輩と思《おぼ》しき男の子は、まさしく七不思議の問題にぶち当たっていたみたいだ。

男の子はココアをひと口啜り、呼吸を整えた。

「でも僕、怖くて。行きたくない。でも嫌だって言ったら、ノリの悪い奴って思われて、嫌われちゃうかもしれない。だから、嫌って言えなくて……」

ココアの湯気がほわほわと、男の子の赤らんだ鼻先を撫《な》でる。

「嫌って言えないまま、もう、今夜が探検の日なんだ」

なるほど、そういうことか。私もこの子くらいの頃、怖い話が苦手だったから、気持ちは痛いほどわかる。フクが苛立《いらだ》った様子で尻尾をぱたぱたさせていた。

「ビビリめ。肝試しなんかダーッと行ってバーッと終わらせちまえばいいのに。おばけが怖いとか、だっせーの」

いきがっているフクをちらと窺い見て、ユウくんがため息をつく。

「フクだって、叶子さんが観てたB級ホラー映画に驚いてシャーッて威嚇してたじゃん」

「あ、あれは驚いただけだし！　ユウだって悲鳴上げてただろ」

ふたりのやりとりが耳に入ってきて、私は苦笑いをした。フク、さっきはユウくんがひとりで怖がっていたみたいな口ぶりだったくせに、実は自分も怖かったようだ。

しゃがんで男の子と目線を合わせ、彼の話を聞いていたおばあちゃんは、うんうんと頷いた。

「あのね、ボク。このお店の雑貨をよく見てごらん」

おばあちゃんに促され、男の子が店内を見渡す。涙ぐんだ瞳に、きらきらと、精霊の色が反射して見える。おばあちゃんはゆっくりと続けた。

「どれにも、きれいな石がついてるでしょう。この石はね、全部、お守りの石なのよ」

「お守り？」

男の子が繰り返す。座っている彼のそばに、精霊がすいっと寄ってきた。珊瑚《さんご》の海みたいな、明るい青色の精霊だ。しかも一匹ではない。いくつもの影が重なっている。ただ、連なっているせいで一体ずつの姿がよく見えない。なんだか実体の掴《つか》めない精霊の群れは、男の子のそばを悠々と泳いでいる。

なんだっただろうか、見覚えのある色だ。たぶん、『鉱石辞典』であの色の石を見ているのだが、なにせ石は種類が多いし似たような色のものが多々ある。名前も『なんとかイト』がやたらと多いから、紛らわしくて覚え切れない。

おばあちゃんはまた、優しげな声で言った。

「そう、お守り。これを持ってるから大丈夫って思える、君に勇気をくれる石。ね、詩乃ちゃん」

私に振られ、ハッとする。青い精霊に気をとられて、少しぼうっとしてしまった。私は頷いて言った。

「そうだよ。きっと君にぴったりのお守りもある」

「このお店の雑貨を、おばあちゃんからプレゼントしてあげるわ。さあ、どれでも好きなものを選んでいいわよ」

おばあちゃんはのんびり立ち上がって、男の子に笑いかけた。

「えっと……」

男の子がちょっと困った顔をして、ココアのカップで口元を隠す。そう言われても、どの石を選んだらいいのか、自分ではわからないといったところだろう。彼の様子を見て、青嶋さんが口を挟んだ。

「どれ、お兄さんが君にぴったりの石をいくつか紹介してあげよう。まずはこれ」

彼はふらりと歩きだしたかと思うと、ストラップ売り場からひとつ、赤い石の垂れ下がったものを手に取った。

「これはスピネル。勇気をくれる石。前向きな気持ちにさせてくれて、『負けねえぞ』って思わせてくれる。これがあれば、おばけなんて怖くないだろ」

「へえ……！」

戸惑っていた男の子の表情が、ふわっと晴れた。スピネルというひとつの石の持つ意味に、興味を持ってくれたみたいだ。青嶋さんがニッと笑む。

「色もこの赤いのだけじゃなくて、いろんなのがあるんだぞ」

青嶋さんの言うとおり、スピネルは色の種類が多い。中でもレッドスピネルは目が覚めるような眩しい赤が美しくて、昔はルビーと混同されていたという。パワーストーンとしての効果も、ルビーやサファイアなんかと遜色ないくらい強いものとされているそうだ。

　男の子が、少し前のめりになる。

「お守りの石、他にはどんなのがあるの？」

「こっちの黒いやつはオニキス。悪い幽霊から身を守るお守り！　かっこいいだろ」

　青嶋さんはオニキスのストラップを掲げ、男の子のもとへと持ってきた。スピネルの赤い虎とオニキスの黒い馬、それぞれの精霊がそばを漂っている。青嶋さんの壁のない雰囲気に引っ張られてか、男の子の表情もだんだん明るくなってきた。

「すごい、他には？」

　興味津々の男の子と、彼にねだられるまま次々と石を紹介する青嶋さん、ふたりを眺めておばあちゃんが微笑む。

「青嶋くん、さすがね。石に詳しいのはもちろんだけど、すぐに思いつく瞬発力、立派になったわねえ」

　普段サボっているところしか見ないから忘れがちだが、ときどき青嶋さんは、パワーストーンの加工販売会社の営業として本領発揮する。このとおり、石の種類にも意味にも詳しいのだ。石のプレゼンをさせたら、一気に人を惹きつける。まだこの店に来て日が浅い私なんかより、ずっと石の紹介がうまい。

　思わず私まで聞き入っていると、ふと視線を感じた。振り向くと、おばあちゃんがにやにやしながらこちらを見ている。いや、おばあちゃんだけではない。カウンターの上のフクも、カウンターに腕を乗せて身を乗り出すユウくんも、私をじーっと見ているではないか。そうだった、青嶋さんに出し抜かれている場合ではない。私だって、このパワーストーンの店の店員だ。

　私は『鉱石辞典』で学んだ石の記憶を、片っ端から引っ張り出した。

「魔除《まよ》けの石だったら、緑色のマラカイトもきれいだよ。あと、天眼石《てんがんせき》っていう、悪霊を祓う石！」

　孔雀《くじゃく》の羽根のような緑色のマラカイトは、邪気を跳ね返す石といわれている。和名もその色のとおり、孔雀石だ。天眼石は黒と白の縞《しま》模様の石で、これは最強クラスの魔除けとされるくらい力の強い石だ。たしかこの店にも、これらの石を使った雑貨があったはず。……そこまで考えたときだった。

　ハッと、もう一度男の子に目をやる。彼の周りをふよふよと泳ぐ、青い光の群れ。その鮮やかな色に、私はようやく気づかされた。

「……そっか」

どうして今まで気がつかなかったのだろう。私だって、この子と同じ、臆病な心の持ち主だったのに。

私は店の中を歩き、吸い寄せられるようにして、ひとつの雑貨の前に立った。それは海色の石が煌めく、銀の鎖のキーホルダーだ。ビーズでできた小さなクジラの群れが垂れ下がっていて、それらが折り重なってシャラシャラと、か細い音を奏でる。

きっと、あの子のもとにいた精霊はこれだ。

「ねえ、これなんてどうかな?」

私はキーホルダーを手にとって、男の子のもとへと歩み寄った。近づくにつれ、彼の纏《まと》う精霊がふわっと青く、強く発光する。

「この石、アパタイトっていうの。スピネルと同じ、勇気をくれる石なんだけど……」

私の手の中で、キーホルダーのクジラの群れが揺れる。男の子の瞳に、青い光が反射する。

「スピネルのくれる勇気とは、ちょっと違って。これは、自分の気持ちをちゃんと伝える勇気をくれる石なの!」

アパタイトは、自己表現と、円満な人間関係の石だ。うまく表現できない自分の気持ちをちゃんと伝えられるように、背中を押してくれるお守り。

「私も、君くらいの子供だった頃、おばけが怖かったの。でもクラスの友達の輪の中に入っていかなきゃって思って、無理しちゃったんだ」

一緒だから、わかる。この男の子に今、必要な勇気。

「お友達に、『僕は行きたくない』って、言ってもいいんじゃないかな。我慢してまで付き合うのは、本当の友達じゃないと思うの」

男の子は口を半開きにして、私を見上げていた。青嶋さんも、手を止めてこちらを見つめている。私はえっと、と、言い淀《よど》んだ。

「いや、もちろん、自分の主張ばっかり押し通せばいいってものじゃないんだよ。でも、言えずに流されてるのも違うの。お友達だって、君の本当の気持ち、話してほしいんじゃないかな……」

だんだん自信がなくなってきて、声が萎《しぼ》んでいく。おばあちゃんは微笑んでいるだけでなにも言わない。フクもユウくんも、見ているだけだ。やがて男の子が、大きな瞳で瞬きをした。

「きれい……」

ぷっくりした小さな手が伸びてきて、キーホルダーに触れる。クジラの群れがシャランと心地よい音を鳴らす。穏やかな海のような輝きを放つアパタイトに、男の子の目が釘付けになる。

　青嶋さんが、ふっと笑った。

「そうだな。素直な本音を言って、それで仲間はずれにされるなら、それこそ無理に友達でいる必要もない」

　彼が言うと、男の子は我に返って青嶋さんを振り向いた。青嶋さんは一層機嫌よさげに言った。

「大丈夫、友達なんだろ？」

「……うん！」

　男の子は、これまでになく力強く頷いた。

＊　＊　＊

「やっぱさあ、詩乃ちゃんには敵《かな》わんわ」

　男の子がクジラのキーホルダーを持って出て行くと、途端に青嶋さんは不機嫌になった。カウンターに頬杖をついて、むっすり拗《す》ねている。

「いやね、言われてみればそのとおりだったよ。あの子は行きたくないんだから、断る勇気が必要だった。マジでぐうの音も出ない」

「うーん……でも、怖いものを克服する勇気も、同じくらい大事だったと思います。どっちも大切なことですから」

一応フォローしてみたが、青嶋さんはまだ不服そうだった。

「後輩に負けた……」

「後輩？　私が？」

「うん。俺も詩乃ちゃんも、叶子さんの弟子でしょ」

青嶋さんは、おばあちゃんに憧れてパワーストーンを勉強して今の職場にいる。そして私は、おばあちゃんのもとでパワーストーンを勉強中。なるほど、叶子師匠の弟子かもしれない。しかし青嶋さんが私のことを〝後輩〟と認識していたとは知らなかった。この町に来た当初から気にかけてくれていたのは、後輩と思っていたからだったのか。

面倒見のいい〝先輩〟は、悔しそうにぼやいた。

「まだまだだな、俺も。叶子さんにはほど遠い」

自分のプレゼンが通らなかった不満ではなく、力及ばずだった自分に対して怒っている。こういうところは真摯なのだ、サボり魔のくせに。

青嶋さんはこう言うが、私の場合、精霊が見えている。あの光の色をヒントにアパタイトを思い出したから、あの男の子に響く石に気づけたのだ。

クジラの群れは、幸せな人間関係のシンボルらしい。あの男の子とその友達も、クジラたちのように穏やかに、豊かに調和できるといいのだが。

カウンターの上では、なぜかフクが得意げに尻尾を揺らしていた。

「詩乃の勝ちー！　ま、詩乃も気づくまでに時間かかりすぎだけどな」

「フク、こういうのは勝ち負けじゃないよ。男の子の気持ちに寄り添うことが大事なんです」

ユウくんがフクを窘める。それを聞いて、おばあちゃんが小さく頷き、私と青嶋さんそれぞれに目をやった。

「ええ、石なんてなんだってよかったのよ。あの子が気に入ったものでさえあればね」

それから人差し指を立て、小首を傾げる。

「あなたたち、ちっちゃい頃、『痛いの痛いの飛んでけ』って頭を撫でてもらったこと、あるでしょ？」

急にそんな話を振られ、私は半ば驚きつつも、自分の幼少期を振り返った。

「うん。お母さんがよく、してくれた」

不運に付きまとわれていた私は怪我も多く、よく泣いていた。そうするとお母さんが頭を撫でてくれて、〝痛いの〟を遠くへ飛ばしてくれたのだった。

「ただのおまじないだけど、不思議と、ああしてもらうと痛くなくなった気がするんだよね。なんでだろう」

お母さんの手に撫でられる感覚は、なんとなく思い出せる。痛みとか驚きとか、怪我をした事実に対するパニックとか、頭の中を占めるわちゃわちゃがすっと静かになる、その感覚も覚えている。

おばあちゃんは優しく目を細め、続けた。

「『痛い』って気持ちをわかち合ってもらえて、撫でてくれる手に安心するからじゃないかしら。愛されてるなあって感じることで、ちょっとだけ大丈夫な気持ちになれるの。痛みも悲しみも、怖いのも、そういうものよ」

それだけ言って、おばあちゃんは鼻歌を歌いながら暖簾の向こうへ消えた。私は彼女が去った暖簾をしばし眺め、口の中でそうか、と呟く。

お母さんが私にしてくれたことは、お母さんが小さい頃、おばあちゃんにしてもらっていたことだったのかもしれない。ほっと安心させてくれる優しさの魔法は、おばあちゃんからお母さんへ、受け継がれてきたのだろう。次は、私が繋《つな》ぐ番だ。

友達に仲間はずれにされたくなくて、泣くほど思いつめてしまったあの男の子。そんな彼に声をかけたおばあちゃんがいて、明るい気持ちにさせた青嶋さんがいた。私も一応、最後のひと押しとして、お守りを持たせてあげられた。あの子の不安に、寄り添うことができた……ならいいな、と思う。

おばあちゃんが店の奥に引っ込むと、青嶋さんも、さてとと伸びをした。

「俺もそろそろ行くかな。夕方から会議だし」

「大丈夫ですか？　青嶋さん、サボりすぎて怒られません？」

「サボってないよ。これは営業活動だよ、営業活動」

彼は相変わらず気だるげだが、彼の纏うイルカの精霊は、きらきら輝いていきいき泳いでいる。重い足取りで店の出口へと向かっていった青嶋さんは、最後にまた立ち止まった。

「でさ、詩乃ちゃん。さっき、霊感はないって言ってたけどさ。ぶっちゃけ幽霊、いると思う？」

会議に行きたくないのだろう、ずるずると会話を引き延ばしてくる。私ものんびりと、彼に付き合った。

「青嶋さんはどう思います？」

「いないと思う。そういうの、まったく信じてない」

さらっと言い切るではないか。そういえば彼は、パワーストーンの能力云々《うんぬん》に詳しいわりに、それらの効果を真剣に信じているわけではない。と、以前、彼の友人経由で聞いた。

「信じてないくせに、ホラー映画好きなんですか？」

「信じてなくても面白いもんだよ。七不思議だって、あほらしいけど面白い。だってたぶん存在してないのに、何十年もまことしやかに語り継がれて、未だに噂《うわさ》されてるんだぞ？　それってすごいことじゃない？」

「たしかにそうですね。それだけ七不思議には、人の心を摑む力があるんですよね」

私も正直、超常現象はあまり信じている方ではない。でも彼のそばを漂うイルカ、その横を通り抜けた光の束みたいな鳥の群れ、自身の肩で丸くなるフクを見ていると。

「幽霊っていうのとは、ちょっと違うかもしれないけど……人が人を想う強い気持ちというのは、もしかしたらなんらかの形があって、どこかに残るものなのかもしれないですね」

人を想う気持ちが精霊となって、存在するのだ。同じように、人の情念は様々な体をなしていろんな場所を漂っているのかもしれない。

ふわっとした曖昧な答えを出した私に、青嶋さんはちょっと、きょとんとした顔をした。それから満足げに口角を吊《つ》り上げる。

「そうだったら、面白いよね」

彼の飼うイルカも、男の子についていったクジラの群れも。人の想いを乗せて、煌めいているのだ。

Episode 3 タイガーアイの恋人

ある土曜の夕方、私はカウンターの中で、そのメールに気づいた。

「え!?」

勢い余った大きなひとりごとに、眠っていたフクがびくっと目を覚ます。

「なんだよ、びっくりしたな」

「ごめんフク、でも私もびっくりした。菫さん、結婚するんだって！」

フクに向かって、携帯の画面を突き出す。映し出されているのは、先日来たばかりの会社の先輩、菫さんからのメールだ。

『このたび、入籍しました。相手は以前からお付き合いしていた人です』

目の前に突き出された画面を睨み、フクが鼻白む。

「俺、字ぃ読めないっつうの」

肌寒い日が増えてきた、九月末。おばあちゃんは今日も、昼過ぎから出かけている。

今日は公園で仲良くなったゲートボール会の人たちと一緒にウォーキングへ行ったらしい。この頃おばあちゃんは、持ち前の社交性を遺憾なく発揮して着実にお友達を増やしている。おかげで遊びに出かける範囲もみるみる広がっており、それに比例して店にいる時間は短くなっていった。

大事な店を疎《おろそ》かにしていいのか……と言いたくなるときもあるが、これもおばあちゃんが私を信頼して、店を任せてくれているがゆえである。それになにより、ユウくん曰く、「叶子さん、今までにないくらい楽しそう」とのことだ。おばあちゃんが楽しそうなら、私もそれ以上なにも望まない。

さて、そんなこんなで私が店番をしている、今日の店内である。近所に住んでいる高校生の女の子たちを接客し、彼女らが帰って、なんとなく携帯を確認したときだった。

菫さんから、件《くだん》のメールが届いていたのである。

「びっくりしたあ。前の会社にいたときから結婚秒読みだったのは知ってたんだけど、秒読みのわりにそこで膠着《こうちゃく》してたの。急に進展するとは。ああびっくりした」

聞かれてもいないのに、私は早口でフクに話した。フクは興味がなさそうにあくびをしている。温度差を感じるが、私の興奮は冷めなかった。

「どうしよう。すごく嬉しくて、なんて返信したらいいのかわかんなくなっちゃった。とにかく『おめでとうございます』っと……」

大好きな先輩の、幸せな転機だ。文面を見ただけなのに手が震えて、うまく文がまとまらない。

「あ、そうだ！　結婚式はいつなんだろう。呼んでもらえるかな。パーティドレスどこにしまったんだったかな。お祝いはどうしようかな、ねえフク、なにがいいと思う？」

「落ち着け。お前、慌てるとまた不運爆発させてしょうもない失敗すんだろ」

妙に冷静なフクに諭され、私は一旦呼吸を整えた。そのとおりだ、まずはメールに返事をして、詳しい話を聞こう。メールの文面を見直す私に、フクが言った。

「なあ、ケッコンって、そんなにすげえのか？」

どうやら、精霊であるフクにはいまいちピンときていないみたいだ。

「すごいよ。だって『この先一生、この人と一緒にいたいな』って思える人に出会って、しかもお互いにそう思ってて、じゃあ一生一緒にいようって決めることだよ」

「なんだ、そんなことか」

フクはぺたんと、カウンターにお腹《なか》をつけて寝そべった。

「そんなら、俺と詩乃もそうじゃん」

「え……それはちょっと違うよ」

たしかにフクは精霊として私を守護してくれているし、私もフクの宿るイヤーカフを一生大事にするつもりではあるが。怪訝《けげん》な顔をした私に、フクはうつ伏せで潰れたまま、小首を傾げた。

「なにが違うんだ？　もしかして詩乃、俺を大事にする気ないの？」

「そうじゃなくて」

「お前、イヤーカフなくすの一回や二回じゃないもんな」

「まだ三回だよ！　それに最後の一回はすぐに見つけてるからノーカウントでしょ」

一度目は、子供の頃。イヤーカフをおばあちゃんに貰ったその日に落としてそのまま十八年も放っておいてしまった。その間はおばあちゃんが大切に保管していてくれたわけだが、フクは未だにこの出来事を根に持っている。二回目は、ハンドメイド作家が集まるマルシェで、人混みの中で紛失してしまった。無事見つかったが、あのときはフクも一緒にいなくなってしまって、泣きそうになるくらい焦燥した。三回目は家の中で落としてしまったのだが、すぐ発見したのでこれは見逃してほしい。

しょうもないプチ口論のあと、フクはつまらなそうに尻尾でカウンターを叩いた。

「で。そんじゃ詩乃も、いつかケッコンするのか？　俺以外の奴と」

「私は……どうかなあ。あんまり考えてなかったな」

メールを送信したあとの携帯の画面に目を落とし、少々考える。特に結婚願望が強い方ではないし、そもそも相手もいない。

「少し前の時代は、ある程度の年齢で結婚しないと、まるで人生に失敗してるみたいな扱いだったんだけどね。今の時代はそうじゃない。幸せの形は人の数だけあって、結婚しなくても、幸せを掴めるんだよ」

携帯の画面がふっと暗転する。

「だからこそ、菫さんはすごいの。結婚しなくてもいい時代に、あえて一緒に幸せになりたい人に出会った。素敵なことだよ」

「はあ、そうなんか」

フクはわかっているのかいないのか、判然としない返事をした。私はふうと息をつき、カウンターの中に置いた椅子に腰を下ろす。

「まあ、私もそんな人に出会えたら『結婚したいな』って気持ちが芽生えるのかな」

「あ！　やっぱケッコンすんのか！　俺より大事にするものってなんだ⁉」

丸まっていたフクが立ち上がる。なんだかもう、説明するのが面倒くさい。

どうあしらおうかと考え始めたとき、キイ、と扉が軋《きし》んだ音を立てた。

「いらっしゃいませ……あっ！　岬《みさき》さん！」

入ってきたその女性を見るなり、私はぱっと声をワントーン明るくした。涼やかな目元に、さっぱりしたボブヘア。ひらりと上げた手首には、シフォンリボンのブレスレット。

「どうも、詩乃ちゃん！　遊びに来たよ」

柏木《かしわぎ》岬さん、彼女はこの町で出会ったよき友人であり、恩人だ。

「最近肌寒くなってきたけど、工房にいるとまだまだ暑くってさ。こっちの方は海が近いからか、涼しいね」

彼女は『柏木ガラス工房』というガラス職人の家の生まれで、本人も家業を継いでガラスを焼いている。フクの宿るイヤーカフを落とした例のマルシェで知り合い、そしてなくしたイヤーカフを見つけてくれたのがこの岬さんだ。その後もなにかと親交が続いており、パワーストーンとガラスのコラボアイテムを作ったこともあった。

その岬さんが、今日もこの店に遊びに来てくれた。

「今日もガラス細工作ってたんですね。ああ、またあの工房に行きたいな」

「そう？　ガラスの工房なんて、暑いし面白いものでもないでしょうに」

岬さんはそう言って笑うが、私は大真面目に首を横に振った。

「いえ！　岬さんはそこで生まれ育ってるから見慣れてるかもしれませんが、私からしたらすごく見ごたえのある現場でしたよ！」

熱気を放つ坩堝《るつぼ》と、その奥の網膜の焼けそうな火の光、そこから出てくる真っ赤に燃えたガラス。冷めたガラス細工は色とりどりで繊細で、美しい。その工程や作品はもちろんのこと、働く職人もかっこいいのだ。岬さんは私とそんなに歳の変わらない若い女性だが、灼熱《しゃくねつ》の坩堝の前で汗をかく姿は、仕事への誇りと覚悟を感じさせ、勇ましく見えた。

そんな岬さんだが、今はカウンターに寄りかかってぐったりしている。

「そうかなあ。それにしても、今日も父さんがうるさくてさ！　あの人、いるだけで暑苦しいのに声はデカイわ動きもデカイわで疲れる！　ちょっと携帯見てたら『なんだ、彼氏か』なんて言いだしてうっとうしいったら」

彼女の愚痴に、私は苦笑しかできなかった。岬さんのお父さんとは、一度会ったことがある。がっしりとした逞《たくま》しい体格の、クマのような大男だった。岬さんとは仲良さげではあったが、豪快でよく喋る人だったので、余計なことまで言っては岬さんに叱られていた。

「そうそう、彼氏と言えば……」

ふいに、岬さんの表情が切り替わる。疲れた顔から自然体の笑顔になって、切り出される。

「詩乃ちゃんって、パワーストーンに詳しいよね？　恋愛運の上がる石って、例えばなにがあるの？」

「……え！」

　私は思わず、口を半開きにしたまま固まった。カウンターにいたフクまで、三角の耳を真っ直《ま》ぐ《す》に立てて目を真ん丸くしている。

　岬さんとは仕事の話でパワーストーンについて語ることはあったものの、個人的な用件で石の効果について聞かれたことはなかった。それも、恋愛運の上がる石だなんて。彼女と会話していて、恋の話題になったためしは一度もない。よく考えたら、岬さんと仲良くなれたと思っていたが、彼女のことをなにも知らない。そうか、岬さんの恋。菫さんだけでなく、岬さんも愛する誰かのもとへと行ってしまうのか。

　岬さんは私に構わず続けた。

「できれば、ピンクとかの甘ったるい色じゃない石がいいな。どっちかというと、きりっとしてかっこいい印象のがいいかな」

「ピンク……も、岬さんに似合いそうですけど……そうですね、かっこいいのも似合いそうですね」

　呆然《ぼうぜん》としてしまった私に、岬さんは笑って付け足した。

「私に似合う？　なんか勘違いしてるかもだけど、私が欲しいんじゃないよ。知り合いに贈りたいんだよ」
「あ、そうなんですね」
とりあえず、岬さん本人用ではないらしい。それにしたって彼女のプライベートにつ
いて聞くのは、これが初めてだ。
「男友達が、長く付き合ってた彼女と別れてね。新たにいい人に出会いたいって悩んで
るから、おまじないにパワーストーンでも持たせてあげようかと思ったの。で、そいつ
が身につけやすい色味の石で、いい雑貨があればいいなと！」
「そういうことでしたか！　なんだ、てっきり岬さんに恋の悩みがあるのかと……。そ
の男性、岬さんは彼女候補じゃないんですか？」
余計なお世話は承知で聞いてみると、岬さんは大笑いで否定した。
「やだやだ！　私は絶対、あいつだけはないね。友達としてはいい奴だけど、恋愛対象
とは考えられない」
「そんな痛烈に拒絶しなくても」
苦笑したあと、私はカウンターの下から『鉱石辞典』を引き出した。
「パワーストーン界隈では、男女別に効果的な石が違うらしいです。女性に向いてる石
なら、ローズクォーツやムーンストーンが強いんですけど……」

「あ、聞いたことある名前」

岬さんが手を叩く。ローズクォーツといえば淡い桜色がかわいらしい石だ。フクの宿る白水晶と同じ水晶の仲間で、色の違いで名前や意味が異なっている。恋愛の石として絶大な効果があると言われ、人気が高い石だ。

ムーンストーンはその名のとおり月の光を宿したような、内側に籠る青っぽい輝きが美しい石である。乳白色のものが有名だけれど、赤みがかったものや緑っぽいものなど、いろんな色がある。女性の象徴とされる〝月〟の石なので、女性の魅力を磨き、恋の手助けをしてくれるのだそうだ。

女性向けとされる石があるように、男性の恋に向いた石は別に存在する。ぱらぱら捲って、目に留まった石をいくつか挙げる。

「ラピスラズリが強いみたいですね。縁を引き寄せてくれるのはモリオン。男女関係なく縁を結びつけるとされるのはアメジストですね」

『鉱石辞典』の、ラピスラズリのページで手を止める。

『ラピスラズリ（青金石《せいきんせき》）　原産地・アフガニスタン』

「天空の破片」の異名を持つ、神秘的な群青色の石。白や金色の模様が差し込まれ、まるで星の夜空のように見える。この美しいブルーは、ラズライトやソーダライトなどの鉱物が混ざり合って生み出された色で、白や金の星みたいな斑模様《まだらもよう》はカルサイトやパイライトというこれまた別の鉱物が織り成すものである。

太古の昔は王族が身につけた貴重な石だったといい、やがて絵の具の顔料としても使われるようになる。有名な画家、フェルメールの扱うフェルメールブルーは、このラピスラズリの色だ。

続いて、モリオンである。

『モリオン（黒水晶）　原産地・ブラジル、アメリカ』

水晶の仲間であり、吸い込まれそうな漆黒の石である。オニキスや天眼石もそうだが、黒い色味の石は魔除けの意味合いが強い。モリオンも同じく悪い縁を遠ざけ、逆に良い出会いを引き寄せる石だそうだ。

また、紫水晶ことアメジストはというと。

『アメジスト（紫水晶）　原産地・ブラジル、ウルグアイ、ボリビア』

水晶の仲間の中でも最高位とされる、高貴な石である。愛の守護石とされていて、家族や恋人同士の絆《きずな》を深めてくれるのだそうだ。

私は本を閉じて、店の中を歩いた。ラピスラズリのストラップを手に取ると、宇宙みたいな色柄をした猫がすうっと私のもとへ寄ってきた。モリオンのブレスレットを取れば黒いウサギが現れ、アメジストのボールペンの裏からもウサギが顔を出した。精霊の姿も、幸運全域を意味する猫と、縁結びのシンボルであるウサギの見た目をしているのだ。

雑貨を目にした岬さんは、へえと感嘆した。

「恋愛の石って、ピンクのイメージが強かったけど、こんなにいろんなのがあるんだ。どれがいいのかな」

「そうですね……石は、贈りたいものを選ぶのもいいんですが、本人が目にしてぴんと来たものが運命的な石だそうですよ」

もちろん、岬さんが友人を想って選んだものにはその想いに価値がある。でも、本人が直接見て出会った石は、やはり引き寄せられるだけの力があるのだと思う。

「もしよければ、ご友人ご本人にこの店に来ていただけますか？　岬さんとご本人が一緒に選んだ石なら、きっと素敵な縁に導いてくれますよ」

「そうだね！　この店、あいつにも見てほしいし。今度呼んでみるよ」

岬さんが晴れ晴れと笑う。猫やウサギの精霊が舞う中に、ふっと、白い光が舞い込んできた。見ると、私の腕にやってきたフクである。私の肘の付け根に座って、尻尾をふらふらさせている。岬さんの目を盗み、小声で声をかける。

「なに？」

「別に。いいんじゃね、と思って」

フクはそれだけ言って、こちらに後ろ頭を向けた。石の紹介がうまくなってきた私を、褒めにきてくれたらしい。素直でないのがいじらしい奴である。

＊　＊　＊

その数日後。日曜日の午前中、その日は珍しくおばあちゃんがいた。

「詩乃ちゃん、結婚式に着ていくパーティドレスは何色？　それに合わせて私がアクセサリーを作ってあげる！」

菫さんの結婚の話をして以来、おばあちゃんも浮き立っている。彼女の隣ではこれまた嬉しそうなユウくんがにこにこしている。

「たしか、結婚式では動物のモチーフはNGなんですよね。それじゃ、精霊の印のあるお店の雑貨とは、ひと味違ったデザインのアクセサリーができますね！」

ユウくんに言われて思い出したが、結婚式では動物のモチーフを身につけてはいけない決まりがある。毛皮や革製品が殺生をイメージさせるからだ。本物の毛皮、革製品はもちろん、フェイクファーや動物のシルエットなんかも縁起がよくないとされている。

「あっ！　てことは、フクのイヤーカフつけていけない！」

ショックで大声を出すと、おばあちゃんはくすくすと笑った。

「大丈夫よ。一時的に猫のチャームを外して、結婚式用にカスタマイズしましょう。帰ってきたら、またもとに戻してあげる」

「そっか、それならフクと一緒に行けるね」

肩にいるフクに人差し指を差し出すと、フクは鼻を近づけ、そっぽを向いた。相変わらずツンツンしているが、こうしてここにいてくれるのだから、なんだかんだ懐いてくれている。

そんなまったりした時間を過ごしていると、約束の時刻がやってきた。店の扉が開き、ふたり分の人影が店内に入ってくる。

「詩乃ちゃん、こんにちは！」

ひとりは、扉を押し開ける岬さんである。もうひとりは、彼女の後ろについてくる、背の高い男性だ。手足が細くてひょろりとした、少し気の弱そうな若い人である。しかし私は、その男性本人より、さらにその後ろについてきたものに一瞬で目を奪われた。

金色の毛並みに、艶めく縞模様。彼の腰の高さほどもある、大きな虎である。一瞬、本物の虎かと見間違えたが、まさかそんなことはない。ほんわかと柔らかな光を放つ、精霊だ。

『ゆうつづ堂』の店内には、様々な精霊が漂っている。虎の精霊もいるが、他の精霊と同じで手のひらに乗るくらいの大きさである。この男性の後ろにいるような大きな精霊は、見たことがない。

優美な体軀《たいく》に凛々《りり》しい顔、太く大きな足。そしてなにより、光り輝くような黄金色の毛皮。ため息の出るような美しさに、思わず声が漏れた。

「か、かっこいい……！」

とろけるような声が出た、数秒後。私は岬さんの声で、我に返った。

「え！　詩乃ちゃん、マジ？」

耳慣れた声にハッとして、改めて岬さんに目をやる。彼女は目を丸くしており、後ろにいる男性も絶句していた。しまった、と、私は自身の口を両手で塞いだ。精霊は、私とおばあちゃん以外の人の目には見えない。いきなり虎の感想なんて口走ったら、岬さんからすれば「なんの話？」である。

ちらっと横を見ると、おばあちゃんがいたずらっ子みたいな顔で私を眺めていて、その斜め下ではユウくんが苦笑いしていた。私の肩には、呆れ顔のフクがいる。

私は慌てて、どう言い訳をしようかと考えはじめた。が、こちらが言葉を発する前に、岬さんが言った。

「詩乃ちゃんって、こういうのがタイプなの？」

「へっ？」

なにを言われたのか咄嗟《とっさ》に理解できず、間抜けな声が出た。岬さんが語気を弾ませる。

「そっかそっか！　まあでも、イケメンっちゃイケメンだもんね。うんうん」

どうも岬さんは、私が虎を見て言った「かっこいい」を、連れてきた男性に向けて言ったと思っているようだ。いや、精霊が見えない人からしたら、そう受け取るのが自然なのだが。

彼女の後ろでは、男性がおずおずと、私を見つめていた。虎に気を取られていてちゃんと見ていなかったが、その人は岬さんの言うとおり、整ったきれいな顔立ちをしていた。柔らかそうな暗い茶髪に、派手さのないおとなしい服装で、気が弱そうではあるが誠実そうな、優しげな印象の人だ。

私がぽかんとして二の句を継げずにいると、代わりにおばあちゃんが反応した。

「本当、素敵なかたね！　最近ドラマでよく見る、俳優の大河《たいが》くんに似てるって言われない？」

ためらいのない褒め殺しに男性がたじろぐも、今度は岬さんが続く。

「ああ！　言われてみれば似てる！　こいつ、軟弱だけど顔はいいんだよねー」

「ええ……ちょっと、なに言ってるの岬……」

男性は困り顔ではにかんで、小さくなっていく。その横には、男性本人の弱々しい態度とは裏腹に堂々と構える虎の姿がある。主と精霊のギャップが強くて、余計に虎が凜々しく見えてしまう。

おどおどする男性の腕を摑み、岬さんは彼をこちらに押し出してきた。

「紹介するよ。こいつ、入江翔真《いりえしょうま》。高校からの付き合いなんだ。でね入江、この子は夏凪詩乃ちゃんで、隣にいるのがそのおばあちゃんの叶子さん。ここは叶子さんのお店なんだよ」

「は、初めまして」

入江さんと紹介されたその男性は、戸惑いながらも私に会釈した。私も、ぺこりと頭を下げる。

「初めまして。岬さんからお話は聞いてます。恋愛成就の願いを込めた石、でしたね」

用意していたラピスラズリやモリオンを紹介しようと、ストラップなどの雑貨を手に取った。だが、私がそれを提案するより先に、岬さんが言った。

「そのつもりだったけど、入江と詩乃ちゃん、相性良さそうじゃない？」

「へ⁉」

「だって、詩乃ちゃんから見て入江の第一印象は良かったんでしょ？」

出会い頭に変なことを口走った私が悪いのだが、岬さんはもう、私の言い訳なんて聞いてくれそうにない。

「入江もどう？　新しい出会いを探してるんだよね？　詩乃ちゃんいい子だよ。私が取り持ってあげる」

「え、ええと……」

入江さんも困ってしまっているし、私はなんとか誤解を解きたかった。だというのに、おばあちゃんが余計な口を挟んだ。

「そうねえ、私もね、詩乃ちゃんにいい人ができればって思ってたの。岬ちゃんのお友達なら、安心して詩乃ちゃんをお願いできるわ」

「ちょっと！　おばあちゃん！」

まさかこの人まで勘違いをしているのかと焦ったのだが、おばあちゃんの視線はしっかり、入江さんの横の虎に注がれている。慌てる私にちらと一瞥をくれ、わざとっぽくにやりとした。この人ときたら、慌てる私が面白くていたずらスイッチが入ったみたいだ。わかっていてわざと、私を困らせている。

そんな様子を見て、微妙についていけていないユウくんが目を白黒させている。

「詩乃さん、入江さんとお付き合いするんですか⁉　今決まったんですか⁉」

そこにフクまで乗っかってくる。

「なんだって⁉　詩乃、ケッコンするのか！」

「え！　ご結婚まで決まったんですか⁉」

ユウくんがさらに混乱するので、もはや収拾がつかない。早く訂正したいが、おばあちゃんは笑っているだけで助けてくれないし、岬さんは勝手に話を進める。

「ちょうど良かったんじゃない？　出会いって突然なんだね」

「ねー。若いっていいわね」

おばあちゃんがすっかり面白がっている。私はもう軌道修正は諦めて、入江さんに目をやった。彼も困った顔で私を見ていて、目が合うと、ちょっと照れくさそうに会釈された。そりゃそうだ。初対面の女に第一声からあんなことを言われた上に、周りが盛り上がって、いちばん困っているのは入江さんだろう。申し訳ないことをしてしまった。

＊　＊　＊

後日、私は町中のカフェで、彼の姿を捜した。あの大きな金色の虎が目印になったので、捜すまでもなくすぐに見つかった。大声で呼ぶのもなんだか申し訳なくて、微妙な声のトーンで名前を呼ぶ。

「入江さーん……」

少し声が萎んだが、彼はきちんとこちらに気づいた。相変わらずの自信なげな態度で、小さく頭を下げる。

「すみません、来ていただいて」

「いえ、こちらこそお待たせしてしまってすみません」

「いえいえ、俺が早く来すぎただけなんで……。気を使わせてしまってすみません」

お互い気まずくて、謝り合戦になってしまう。埒が明かないので、私の方から話を変えた。

「このお店、予約してくれたんですよね。ありがとうございます。今日はよろしくお願いします」

今日はこのとおり、私は入江さんとふたりで会うことになった。もちろん本人同士の希望ではなく、岬さんのお節介によってセッティングされた機会である。先日の出会いを経て、すっかりその気になった岬さんは、私たちを応援したくてぐいぐい話を進めてしまったのだった。

　あの日は岬さんとおばあちゃんが変に盛り上がってしまって、私も入江さんもふたりのペースに呑《の》まれてしまった。私はとうとう訂正できないままになり、入江さんも結局、雑貨を買っていけなかった。

　私の肩の上では、フクがピリついている。

「なんだかナヨナヨした弱そうな奴だな。しゃんとしろ、背筋伸ばせ」

　気の強い性格のフクから見たら、この気弱な青年の態度はもどかしいのだろう。耳をぺたんこに潰して、丸っこい太い尻尾をぱしぱし振って苛立った素振りを見せている。

　岬さんと入江さんが帰ったあと、フクとユウくんには事情を説明した。おかげで誤解は解けているのだが、フクはまだ面白くないらしく、入江さんにいい顔をしない。ちなみにおばあちゃんは案の定、誤解はしていなかったが「面白いから便乗した」と罪を認めた。

　私は席に着き、入江さんが飲んでいたのと同じコーヒーを注文した。入江さんのいる席の真横には、凜とした目の虎がどっしり構えていて、見定めるように私を見つめている。改めて見ても、うっとりしてしまうほどの美しい虎だ。つい虎に見とれていると、数秒の無言に耐えかねた入江さんが、訥々《とつとつ》と切り出した。

「あの……夏凪さん。単刀直入に聞きますが、夏凪さん、俺のこと……」

どきりと、肩を強ばらせた。おどおどしているくせに、いきなり核心をつくような質問をしてくるではないか。実際は誤解であり、私は特に、彼にひと目惚《めぼ》れしたわけではない。この誤解はしっかり解いておきたい。しかし、目の前の本人に向かって好意がないと言い切るのは、それはそれで酷である。正直に「精霊が見えた」なんて言えるはずもないし、どう説明すればいいものか。約一秒で思考を巡らせたが、意外にも、入江さんは私の言いたいことを先回りした。

「俺のこと、別に好きじゃないですよね」

「え、あ、はい……いや、はいじゃなくて。入江さんは素敵な人だなと思うんですけど、その……」

私が慌ててフォローの言葉を探すのを見て、入江さんはちょっとおかしそうに苦笑した。

「大丈夫です、わかってるんで。嫌われてもないっていうのも、わかってます」

どうやら彼は、私の本音もこの状況に対する思いも、もう知っている様子だった。言い訳を考えていた私は、逆にびっくりしてしまった。

「でも私、『かっこいい』って言っちゃった」

「そうですけど、俺に言ったわけじゃないでしょ？　まあ、岬には『お前じゃなきゃ誰に言ったんだ』って言われそうですけど、でも少なくとも俺ではないというのはわかりますよ。仮にそうだったとして、イコールひと目惚れだと決め付けるほど、俺はおめでたくないです」

冷静に話す彼を前に、私はぽかんとした。私の言いたかったことを言う前に、解決した。フクも、丸い目をもっと丸くしている。

店のウェイターがコーヒーを運んできた。私の前に置かれたカップから、白い湯気が立ち上る。

私は改めて、入江さんに頭を下げた。

「私の軽率な発言のせいで、ご迷惑をおかけしてすみませんでした」

「いいえ、いいんです。岬が暴走するの、これが初めてじゃないんで」

入江さんが、困ったような顔でコーヒーを啜る。

「岬、姉御肌で面倒見のいい奴だから、世話好きで、それがたまにお節介に転ぶんです。今回もそう。俺が彼女と別れて落ち込んでたから、どうにかしないとと焦ってるんですよ」

それから彼は、控えめな笑顔を浮かべた。

「だから、悪く思わないでやってください。あれでも、俺たちのこと本気で思いやってくれてるんですよ。ただ、人の話を聞かないだけで」

最後にちょっぴり毒を刺してきた。私はつい、ふふっと噴き出す。

「面白い人ですよね。……うちのおばあちゃんに関しては、わかってて煽《あお》ったみたいなんで、もっと悪質ですが……」

「でも、あのかたも場を明るくする朗らかな人ですね」

「ありがとうございます」

おばあちゃんのフォローまでしてもらい、私は頭を下げた。フクは怪訝な顔をしているが、おばあちゃんを褒められて悪い気はしないらしく、尻尾がご機嫌に揺れている。

入江さんは見た目どおり、誠実な人だ。厄介な事態に巻き込まれたのに私に嫌な顔ひとつせず、岬さんの気持ちも汲《く》み取っている。本人の態度はどこか自信なげだが、こんなによく気が回る人なのだから、もっと堂々としていてもよさそうなものである。それこそ、隣にいる王者たる風格の虎のように。

また、虎に目がいった。虎の金色の瞳がゆらりと動き、私の顔を見る。この美しい虎が私にしか見えていないのはもったいない。

そうだ、この虎はフクと同じく、パワーストーンの精霊だ。ということは、入江さんはこの虎の宿るパワーストーンを、なにかしら身につけているのだろう。私はコーヒーをひと口啜り、改めて、入江さんに向き直った。

「入江さんは、パワーストーン、お好きですか？」

「え？　ええと……あんまり、詳しくはないです」

意外にも、入江さんの反応は鈍かった。

「あれ、そうなんですね。岬さんが、私の店に来て入江さんにプレゼントする恋愛の石を探してたくらいだったので、てっきりお好きなのかと」

「いや、まあ……きれいな色の石は、きれいだなと感じます。でも、種類が多くて覚え切れないんで、貰っても意味を考えたりはしてないです」

おずおずと答えて、申し訳なさそうに縮こまる。

「すみません、夏凪さんはパワーストーンの雑貨のお店の人なのに……」

「ううん、私もちょっと前まで、石のこと全然興味ありませんでした。今もそんな、きれいだしいろんな意味を持ってて面白いなあくらいにしか思ってないです」

見た感じだと、入江さんがどこかに金色の石を身につけているのは見当たらない。が、虎はこうしてくっついているのだ、たぶん、肌身離さず持っている石がある。

入江さんは少し、前屈みになった。

「先日は岬が暴走したせいで中断しちゃいましたけど、夏凪さん、俺に紹介してくれる雑貨、いくつか用意して待っててくれてたんですよね」

「そうなんです！　一応、ご興味持っていただければと、今日も持ってきてます。見ますか？」

私が言うと。入江さんはぱっと、表情を明るくした。

「ぜひ！　あのときちゃんと見られなかったから、気になってたんです」

「よかった。気に入っていただけるといいんですが」

私は鞄《かばん》の中に入れてきた雑貨を、テーブルの上に並べた。ラピスラズリのストラップとモリオンのブレスレット、アメジストのボールペン。『ゆうつづ堂』から持ってきた、厳選三点である。コーヒーカップの横で、喫茶店の黄色っぽい照明を受けて、石が星の粒を宿す。同時に、青い猫と黒いウサギ、もう一匹紫色のウサギがひらひらと、テーブルの周りを漂いはじめた。

雑貨を見るなり、入江さんは息を呑んだ。

「きれい……これ、どれも恋の石なんですか？」

「恋愛に特化しているというわけじゃないですが……例えばラピスラズリは、全体的に幸運を引き寄せる石で、男性を魅力的に見せるんです。モリオンとアメジストは、恋に限らずですがいい縁を紡いでくれる石です」

人の魅力を磨くこと、よい縁に恵まれること。これが持ち主を輝かせ、結果的に恋もうまくいく、という考えかたである。

精霊たちが入江さんに寄り付く。靄のように伸びたり千切れたりしては、また光の塊に戻って生き物の姿を映し出している。虎がそれを目で追う。己の主《あるじ》である入江さんに近づく精霊を、威嚇しているのではない。むしろ愛おしそうに、かわいいものを見ているような眼差しを向けている。この虎は色や体軀だけでなく、振る舞いも美しい。目に映るたびに見惚れてしまう。

ぼうっと虎を見つめていると、ふいに、名前を呼ばれた。

「……さん、夏凪さん。聞いてます？」

「わっ、はい！」

我に返ると、入江さんが遠慮がちに、私を見ていた。うっかり虎に目を奪われていて、彼の話を聞いていなかった。

「ごめんなさい、ちょっとぼんやりしてました。なんでしょう？」

「ええと……」

入江さんは目を泳がせ、やがてその目を伏せ、ごまかすみたいにコーヒーに口をつけた。

「なんでもないです。石、興味が湧いたので、また今度、お店に伺わせてください」

しまった、私がぼけっとしているうちになにか言ってくれたようなのに、聞き逃してしまった。かといって今更問い詰めることもできない。入江さんは、いたずらっぽく口角を上げた。

「次に遊びにいくときは、うるさい岬は置いていくので！」

やはり自信なげではあるが、こういう冗談を言ってくれるのは、距離が縮んだ実感があって嬉しい。思わず笑った私に、彼は満足げに微笑んで、それからちょっと真面目な声で言った。

「岬が勝手に盛り上げたっていうのがきっかけですけど……。こうして夏凪さんと出会えたこと自体は、すごくよかった。今日も、誤解だってわかっていながらも、楽しみにしてたんです。これを機会に、仲良くなれたらなって」

話しながら、だんだんはにかんでいく。彼は一旦呼吸を置いて、私の目を見つめた。

「また、こうしてお会いしてもいいでしょうか？」

ちょっと気恥ずかしそうに、それでいて、嬉しそうなのが滲《にじ》み出している、そんな表情だった。そして私を射貫《いぬ》く瞳は、隣の虎のように凛として見える。これまで接していて初めて見た顔に、私は目の奥がチカチカした。

「……はい」

答えた私の声は、初めて黄金の虎を見たときのようにとろけてしまっていた。

＊　＊　＊

「えっ、じゃあ本当にいい感じになっちゃったの？」

その日の夕方。帰ってきた私に夕飯のパスタを出しつつ、おばあちゃんが目を丸くした。

「あらあ。詩乃ちゃんたら、虎しか見てなくて入江くんの方には目もくれてないように見えたのに！」

自分だって岬さんに便乗して焚きつけたくせに、これである。

「もう、だったらディナーも一緒にしてきたらよかったのに」

「そうじゃないよ。ただ思った以上に話しやすい人で、向こうも私を悪くは思ってなさそうってだけ。また会いに行く約束はしたけど、まだ友達の友達だよ」

私が言うと、肩の上からフクも加勢した。

「あいつ、なーんか煮え切らないから俺はヤダ」

私を取られてしまうとでも思っているのか、フクはいまいち入江さんに懐かない。そんなフクを、おばあちゃんはおかしそうにあしらった。

「いいじゃない。おばあちゃんは、応援するわよ。誤解とわかっていながら煽ったのは認めるけど、詩乃ちゃんにいい人が現れればいいなと思ってるのは本心だもの」

おばあちゃんはこう言うが、私の中ではまだそんな気持ちにはなれなかった。たしかに入江さんはいい人だし、頼りなさそうに見えて結構しっかりしている。でも、だったら今すぐ恋になるのかというと、それには首を傾げてしまう。

胸の前に置かれた、おばあちゃん特性のクリームパスタに目を落とす。ベーコンとキノコが白いソースを纏い、おいしそうな匂いをさせている。

入江さんは、素敵な人だ。今の私の感情が恋愛でなくても、接しているうちにそういう気持ちも芽生えるかもしれない。彼も新しい縁を探しているのだそうだし、もしかしたら私のことも、候補としてカウントしているかもしれない。

でも、なぜだろう。なにか、もやもやする。

「ねえフク。入江さんが私になにか言ってたけど、私、虎を見てて聞き逃したじゃない？　あのとき入江さんがなんて言ってたか、フクは聞いてた？」

尋ねてはみたが、フクのことだから聞いていないか聞いていても忘れているだろうなとさほど期待もしていなかった。が、フクはあっさり答えた。

「なんか、詩乃に見てほしい石があるって言ってた」

「えっ、フクがちゃんと覚え……んっ、見てほしい石？」

フクが答えてくれたことにまず驚き、そのあとで入江さんの言葉にも驚いた。

「見てほしい石ってなんだろう？　もしかして、あの虎の石かな」

「さあ。そうだったとしても、詩乃、あいつの話聞いてなかったんだし見せてもらえないかもな」

フクは素っ気なく言って、私の肩を降りてどこかへ行ってしまった。おばあちゃんがカップにお茶を注ぐ。

「詩乃ちゃん、パスタ冷めちゃうわよ」

「あ、そうだね。いただきます」

フォークを手に取り、パスタを巻き取る。白いソースと麺が絡んでいくのを眺めつつ、あの金色の虎の姿を思い浮かべる。

私が連れてきた雑貨の精霊たちが入江さんに近づくのを、あの虎は穏やかな眼差しで静観していた。猫とウサギはゆらゆらと靄みたいに歪《ゆが》んでいたが、虎は形がぶれることはほとんどなかった。他の精霊たちよりも、フクやユウくんに近い気がした。

「あの金色の虎ねえ」

おばあちゃんがパスタにフォークを差しこみ、くるくる回す。

「詩乃ちゃんはあれ、なんの石の精霊だと思う？」

「うーん……虎、だよね。真っ先に浮かんだのは、タイガーアイかなあ」

タイガーアイは、その名のとおり虎の目のような石である。蜂蜜のような金色と、褐色の縞模様のものが特に有名で、人気の高いパワーストーンである。

おばあちゃんが小さく頷く。

「そうね、あの子は虎だし、私も『虎の目』の名を持つタイガーアイを思い浮かべたわ。色も、あの虎の毛色と似てる」

「安直すぎるかなと思ったんだけど……案外本当に、タイガーアイなのかな」

フォークに巻いたパスタを口に運び、私はしばし考えた。

「でも、タイガーアイって金運とか、仕事運の石だよね？」

タイガーアイのゴージャスな金色はいかにもお金を招きそうで、金運や、お金を運んでくる仕事関係に縁起がいいとされている。

「金運関係の精霊は、豚とか蛇が多かった気がする……」

精霊の姿にも、意味があるという。例えば豚は商売繁盛や繁栄のシンボルだし、蛇も金運のご利益があるといわれている。他にも猫も招き猫で商売の縁起物、ウサギも繁栄の意味があるし、飛び跳ねるから仕事の躍進の意味も持ち、縁結びの意味もある。

だけれど、虎のモチーフにそういったイメージはない。どちらかというと、勇猛とか、強さを表すシンボルだ。

「詩乃ちゃんもなかなか、わかってきたわね」

おばあちゃんが楽しそうに微笑んだ。でもそう言っただけで、おばあちゃん自身はどう考えているのかは、それ以上話してくれなかった。

「さてさて、あの黄金色の虎の正体はなにかしらね？」

彼女は私を試すような口調で言い、パスタをおいしそうに食べはじめた。

＊　＊　＊

数日後、私は店のカウンターの中で、『鉱石辞典』を開いていた。あれ以来、金色の虎の正体が気になっていて、暇を見てはこの本を捲っている。タイガーアイ以外にも、あの虎に似た色の石はあるのだろうかと、目に留まった金色っぽい石をチェックしていた。

「シトリンに、ルチルクォーツ……ふうん、金色系の石って、金運の石ばっかりだなあ」

ひとりごとを呟くと、どこからともなく現れたフクが返事をしてきた。

「そりゃそうだ。黄色や金色は、希望とか、豊かさを象徴とする色だかんな。景気のいい石ばっかだろ」

「色が象徴する意味？　……あ、そういえば、パワーストーンの持つ意味って、おおまかにだけど色によって大きな分類があるよね」

赤い石には情熱的な意味のものが多く、青は冷静さや穏やかさを意味する石が見られる。細かく言えば違いはあるのだが、だいたいそう大別されているのだ。

「色自体にも、パワーが宿ってんの」

フクはカウンターにちょこんと座り、白い尻尾を揺らした。

「たとえば赤には生命力やエネルギー、青には信頼や安らぎ、とかな。石の色も、その色が持つパワーが含まれてんの。叶子が言ってた」

なるほど、どうりで石の色と意味に偏りがあるわけだ。

「じゃあ、入江さんの虎はやっぱり、金運の石の精霊なのかな」

「そうかもしんないし、そうじゃないかもしんない」

　フクは答えになっていない半端な回答をした。やる気なげにあくびをするフクを横目に、私はまた、本に視線を落とした。捲っているうちに、引きつけられるような金色に目が留まる。

『タイガーアイ（虎目石）』

　気高い金色に、揺らめくような褐色の縞、切り込むひと筋の光の帯。見ていると、猫科の生き物の凛とした瞳に射貫かれたみたいな気分になる。この虎の虹彩のように見える不思議な光は、石の内部で光が反射して白い帯が映し出される、「シャトヤンシー」という効果によるものだそうだ。

　やはりこの黄金色と、この輝きだ。これ以上、あの虎に似ている石は、これの他にない。

　石の説明文に目を落とす。金運アップのご利益から説明されると思いきや、意外にも、『洞察力・決断力。全てを見通す力』との一文が真っ先に記されていた。本質を見極める力をくれる石で、それは持ち主に正しい判断を促し、結果的に成功に結びつく。チャンスを摑むきっかけに繋がるから、お金が貯《た》まる石として親しまれているのだそうだ。

　そこまで読んで、私の中でひとつ、腹落ちした。ああ、そういうことだったのか。

「なんかわかったか？」

フクが首を傾げている。私は本を閉じ、カウンターにしまった。

「うん。たぶん、あの虎……」

途中まで言いかけたときだった。店の扉が開き、外から背の高い影が現れた。扉の向こうの晴れた日差しを孕《はら》み、金色に煌めく虎の姿もある。その眩しい姿に私はぎゅっとまばたきをして、入店してきた彼に向き合った。

「こんにちは、入江さん。いらっしゃいませ」

喫茶店で会った日以来になっていた、入江さんである。彼は遠慮がちに縮こまりながら、ぺこりと会釈した。

「こんにちは。本当に遊びに来てしまいました。お忙しいでしょうに、すみません」

今日も今日とて腰が低い。毎日のようにのんびりしていく青嶋さんみたいな人もいるというのに、この人はこうも、慎重すぎるくらい気を使う。入江さんは虎を引き連れて入ってきて、店の中を見回した。

「この前教えてくれた石、身につけてみようかと。ラピスラズリでしたっけ」

「はい。お見せしたのはストラップでしたが、ペンや置物など他の雑貨にも使ってるので、お気に召すものがあればぜひ」

私はカウンターから、彼の様子を見ていた。入江さんがラピスラズリのストラップを手に取る。青い猫がきらきらと舞い、彼の肩に降りた。その青い光を、金色の虎がじっくり見つめる。

入江さんの目線が、こちらを向いた。

「あの、夏凪さん。変なことをお聞きするんですが……パワーストーン同士にも、相性はありますか？」

彼の目の前を、青い猫が横切る。それを虎が目で追う。ふたつの精霊を纏う入江さんに、私は頷いた。

「ありますよ。相乗効果があって両方の能力を高めあうものや、組み合わせることでまったく別の意味になるものも」

「相性が悪いものもあるんでしょうか」

「うーん……悪く捉える人もいますけど、私は基本的にはないと考えてます。だってパワーストーンはお守りですから。効果はそれぞれでも、持ち主のために力を貸してくれるもの同士なんです。反発しちゃうことなんて、ないんじゃないかなと……」

パワーストーンは、人が人を想う気持ちを託したお守りだ。あの虎も、青い猫を避ける様子はなく、迎え入れるような顔で見守っている。

「ラピスラズリとタイガーアイは、とっても相性がいいですよ。威厳のお守りになって、自信を持たせてくれるんです」

「え！」

私の言葉に、入江さんが今までにないくらい大きな声を出した。

「今、タイガーアイって言いました？」

「え、はい」

「俺、タイガーアイ持ってるって、話しましたっけ？」

入江さんにそこまで言われて、ハッとした。虎の精霊が見えていたから、入江さんはたぶん、タイガーアイを身につけている、と、勝手に予想していた。本人から言われる前にタイガーアイの名前を口にしてしまったが、彼の反応を見る限り、どうやら正解だったみたいだ。

「実は、これ……」

入江さんが鞄に手を入れ、中から金色のブレスレットを取り出した。虎の目のような丸い石が連なった、ワイルドなデザインのブレスレットである。

「貰い物なので、石の名前も意味も全然わかんなかったんです。岬に見せたら、『タイガーアイかな』って言ってたんで、夏凪さんに見せて詳しく教えてもらおうかと思ってたんです」

ブレスレットと同じ色の虎が、きらきらと発光している。間違いない、あの虎はこのブレスレットの精霊だ。

「タイガーアイですね！　せっかく素敵なブレスレットなのに、腕につけずに鞄に入れてたんですね」

精霊がいるのに、彼が身につける石は見当たらなくて、ちょっと不思議だったのだ。鞄の中にあったなら私に見つけられなくて当然だし、それでいて持ち歩いている鞄なら、精霊も離れずにいたわけである。入江さんが目を泳がせる。

「ええと……ちょっとデザインが強気なので、俺には似合わないかなと。つけるのが恥ずかしくて……」

彼のその言葉に、私は思わず、えっと口をついた。

「でも、気に入ってるんですよね？　鞄に入れて持ち歩いて、ずっと、大事にして。それ、大切な人から貰った、宝物なんじゃないですか？」

悠々と構える、美しく、大きな虎。他の光の靄みたいな精霊たちとはひと味違う。私の推測が正しければだが、この虎は入江さんがブレスレットを大切にしているから、こんなに大きく美しく成長したのではないかと。

入江さんは、言葉を詰まらせた。どこか苦しげな顔で目線を漂わせて、やがて諦めたように、ふっと笑う。

「すごいですね。なんで見透かされちゃうんだろ……」

虎の金色の瞳が、入江さんを見上げている。入江さんも、ブレスレットを愛しげに見つめていた。

「これ、以前付き合っていた人がくれたものなんです。まだ出会ったばかりの頃……お互い、まだ高校生でした。このブレスレットは、部活の大会で緊張していた俺に、『自信を持って』とお守り代わりに持たせてもらいました」

ああ、やっぱり。と、私は口の中で呟いた。やっぱり、そのブレスレットには、強い想いがこもっている。タイガーアイは金運だけの石ではない。持ち主を正しい道へ導き、自信をくれる石だ。強く、勇敢な、虎のようであれと。入江さんにこれを渡した女性は、きっとこの石の意味を知っていた。

入江さんが自嘲気味に続ける。

「この石のこと、夏凪さんに聞きたい気持ちはあったんです。でも、元カノからのプレゼントをずっと持ってるなんて、未練がましく見えて情けないから……見せるのやめたつもりだったんだけどな」

この様子では、腕につけていなかったのもデザイン云々ではなく、これが本当の理由だろう。

「いえ、見せてもらえてよかったです。入江さんの前の彼女さん、素敵な人ですね。入江さんのことよくわかってて、心から応援してくれてる……って、伝わってきます」

私は少し間を置いて、尋ねた。

「その人のこと、今も大切なんじゃないですか？」

虎の精霊は、大きくて美しい。人の想いを映し出す精霊がこんなにはっきりくっきり存在しているのだ、入江さんと女性がお互いを想う力は、きっとまだ、強く持続している。そう考えたら、聞かずにはいられなかった。

入江さんはびくっと、肩を強ばらせた。しばらく無言のまま、困った顔で床に視線を泳がせる。やがて彼は、否定も肯定もせず曖昧に返した。

「彼女には、夢があったんです。その夢を叶えるためには、海外で長く勉強しないといけない。俺がいたら彼女の夢の邪魔になる。俺は、応援するって決めたんです」

「……彼女さんとお別れしたの、そういう理由でしたか」

「彼女も納得しています。俺に『新しい人と出会って、幸せになって』って」

入江さんの震える声が、私の胸をちくちくさせる。そうか。彼が彼女と別れて落ち込んでいたのも、新しい出会いを探していたのも、そういうことだったのか。

なんだ、〝未練がましく見える〟ではなくて、〝未練たらたら〟そのものではないか。

「遠距離恋愛、いいじゃないですか」

私はカウンターに肘を乗せた。

「今の時代、連絡手段はいくらでもあるんです。離れていても、声を聴くのも写真を送るのも一秒かかりませんよ。結婚だって、してもしなくても急がなくてもいい。幸せの形は、いろいろです」

フクが私を見上げている。入江さんは、ぽかんとした顔で固まっていた。私はひとつ呼吸を置き、改めて言った。

「大切な人なんでしょう？　お互いに愛し合ってるなら、物理的な距離なんて、案外関係ないんじゃないでしょうか」

新しい出会いを見つけて、別の幸せを摑むのも、それはそれでひとつの正解だろう。でも私は、彼と彼の愛する人が、結ばれてほしかった。ふたりの絆は、距離なんかで壊れない。金色の虎が、それを物語っている。

入江さんはまだ絶句していた。数秒してから、でも、と情けない声を出す。

「もう、お互いに納得したんです。それなのにやっぱり断ち切れてないなんて、みっともないって思われませんか」

「思われるかもしれないけど、でも大丈夫です。少なくとも私は、みっともないけどかっこいいって思います」

たとえ離れていても、ひとりの女性を健気《けなげ》に愛し続ける。そんなの、かっこいいに決まっている。

入江さんは言葉を詰まらせて、また下を向いた。

「けど、今更なんて連絡したら……」

「それは私にはわかりませんが、大丈夫です。彼女さんは入江さんからの連絡だったら、きっとなんでも喜んでくれます」

私はカウンターを出て、入江さんに歩み寄った。彼の手を、手の中のタイガーアイごとぎゅっと握り締める。

「自信を持って！　あなたは素敵な人です！」

しゃら、と、彼がタイガーアイとともに指に絡めていたラピスラズリが揺れた。数センチ先には、息を呑む入江さんの真顔があり、その向こうには金色の光が溢れる。虎の瞳は、今も優しく入江さんを眺めていた。

＊　＊　＊

「やっぱり彼女とよりを戻す、だって。びっくりした」

後日、店にやってきた岬さんはむっすりむくれていた。

「せっかく詩乃ちゃんといい感じだったのに！　なんなの入江の奴。詩乃ちゃんのどこに文句があるっていうのよ」

入江さんから連絡が行ったようなのだが、彼はいったいどんな伝えかたをしたのか、なんだか私が一方的に振られたみたいになっている。

あの日、入江さんはラピスラズリのストラップを買っていった。あんなに自信のない彼のことだ、彼女に連絡をする度胸を出すにはタイガーアイだけでなくラピスラズリも合わせて持つくらいでちょうどいいかもしれない。彼の魅力を知る人からのタイガーアイに、私からのエールとしてのラピスラズリ。ふたつの石が、彼に勇気を持たせてくれたらと思う。

「入江さんって、岬さんとは高校時代からのご友人でしたよね」

私はふと思い出して、岬さんに聞いてみた。

「入江さんと彼女さんは高校時代からお付き合いしてたそうですね。彼の彼女さんとも、岬さんは面識あったんですか？」

「うん、むしろそっちが友達。入江は友達の彼氏って感じで、一緒にいるついでに仲良くなったんだよ」

岬さんが大きなため息をついて、カウンターに寄りかかる。なるほど、以前岬さんは入江さんのことを「恋愛対象とは考えられない」と話していたが、それは友達の恋人だったからだろう。ふたりがあれほど愛し合っていると知っているなら、尚更だ。

「あの子がすっごくいい子なのも知ってるし、入江とお互いに大事に思ってるのも知ってた。だからこそ、お互いのために別れたって聞いて、早くふたりとも元気になってほしくて、私も焦っちゃったんだよねえ」

最後の方は、後悔のような反省のような口ぶりだった。そんな友人思いの岬さんがなんだかいじらしくて、私はふふっと笑ってしまった。

「それじゃあ、ふたりがよりを戻すの、嬉しいんじゃないですか？」

「まあ……落ち着くところに落ち着いたなとは思うよ」

静かな声でそう言ってから、岬さんはぱっと顔を上げた。

「でも詩乃ちゃん、気を落とさないで！　詩乃ちゃんには入江よりもっといい人が現れるはずだから！」

「あれ!?　もしかしてまだ誤解してます!?」

入江さんがラピスラズリを買っていった、あの日。帰りがけの彼の背についていく虎が、こちらを振り向いて数秒だけ私と目を合わせた。あの優しげな目は、私にお礼を言ってくれているように思えて、なんだか嬉しかった。私の方も、「君の主人は立派な人だよ」「彼を守ってあげてね」と目で伝えたつもりだ。

扉を閉める前に、入江さんは私にぺこりと会釈をした。それは今までに見た自信なさげな会釈より、少しだけ凛々しく見えた。

Episode 4 レッドアゲートの絆

おばあちゃんの趣味のひとつに散歩が増えて、一か月が経《た》つ。行動範囲も交友関係も徐々に広がっており、知らない店のお菓子をお土産に買って帰ってくる日も増えてきていた。

その日もおばあちゃんは散歩に出かけ、私は店のカウンターでのんびり、お客さんを待っていた。カウンターには、おばあちゃんが置いていったお菓子の缶がある。ひとつ摘まんで口に放り込み、呟く。

「このボンボンおいしい。おばあちゃん、また新しいお店開拓したんだ」

缶の中身は、糖衣の中にフルーツリキュールが入った、カラフルなシュガーボンボンである。きらきらつやつやした粒ひとつひとつが、まるで店の中のパワーストーンをお菓子にしたみたいだった。

おばあちゃんは、初めて行くお店に躊躇《ちゅうちょ》がない。私だったら、初めて見るお店は入る前に少し緊張してしまう。店内の雰囲気とか、商品の値段とか、自分に合わなかったらと思うとなかなか踏み込めないのだ。その点おばあちゃんは、気になったら迷わず入るし、なんなら店員さんにも、堂々と声をかける。

「叶子は好奇心の塊だからな」

お菓子の缶の横にちょこんと、フクが座っている。

「興味を持ったらまず行動する、それが叶子だ。だからハンドメイドも、いろんなジャンルに手ぇ出してんの」

「そういえば、おばあちゃんって縫い物もビーズも粘土も、手芸と名のつくものはだいたいやってるよね」

この店の奥、おばあちゃんの自宅には、彼女がハンドメイドに勤《いそ》しむ工房がある。店内にある雑貨の数々が生まれた場所だ。工房は、おばあちゃんが雑貨と精霊を創り出す神聖な場所……なのだが、その実態は雑貨作りに使う道具や材料がごちゃごちゃに溢れた魔窟《まくつ》である。この工房を見るだけでも、布切れやミシンや針、ビーズ、粘土細工に使うヘラ、木材やガラスを切るグラインダーなど、小さくてなくしそうなものから大きくて重くて危険な道具まで集まっている。このジャンルを問わないごちゃ混ぜ部屋は、おばあちゃんが様々なジャンルのハンドメイドにひととおり触れた形跡である。

「すごいよなあ。やりたいと思ったこと、なんでも行動に移しちゃうんだもの」

それでいて飽きっぽくはなくて、ちゃんと続けている。なんでもできちゃうのも、器用で羨ましい。

「詩乃も叶子を見習えよ。ぐずぐずしてないで、やりたいことなんでもやったらいい」

フクが尻尾をぱふぱふ揺らし、私を煽った。私はというと、そうだねとは言い切れない。

「でもさ、なんにでも首を突っ込むのって、リスキーでもあるじゃない？」

おばあちゃんを尊敬する一方で、ひやひやさせられてもいる。この前、泣いていた子供を店に連れて帰ってきたときはさすがに驚いた。いや、放っておいて戻ってこられてもそれはそれでそんなおばあちゃんは嫌だが。あの一件は、おばあちゃんの〝即行動〟のスタンスがくっきり表れた事件だった。フクがぱふ、と尻尾をカウンターに下ろす。

「それはちょっとわかる。けど今更、叶子にブレーキは搭載できないし、もし叶子が厄介なことに巻き込まれたら、詩乃がなんとかしてやったらいいじゃん」

「ええ……おばあちゃんにどうにもできないことが、私にどうにかできるわけなくない？」

困惑していると、フクはむっとして耳を下げた。

「できたことあるだろ、一回だけ」

一回、なんのことだろう。ちょっと考えて、私はハッとした。以前おばあちゃんは、店の存続を諦めようとしたことがあった。私はそれが嫌で悪あがきで粘ったのだが、もしかしてフクはその件を言っているのだろうか。

「あれはほら……私がなんとかしたんじゃなくて、たまたま相手方の事情が変わっただけだよ」

「でも、詩乃がごねなかったら叶子はたぶん、燃え尽きてたぞ」

フクはそう言ってから、急にぷいっと顔を背けた。

「いや、やっぱ相手の事情が変わっただけだ。詩乃はなんもしてない。詩乃がいてよかったとか、そんなんじゃねーからな！　粘ってた努力は認めてやってもいいけど！」

フクは私に対して態度が悪いけれど、嫌われてはいないみたいだ。私はフクの後ろ頭を眺めてにやにやしつつ、当時のことを振り返った。

あのときおばあちゃんは、内心とても心を痛めていたと思う。でも私に弱音を吐いたりしなかったから、私にはおばあちゃんがいつもどおり元気にしか見えなかった。あの人は強く見せかけて弱さを隠してしまい、誰にもわからないように暴走していた。彼女を孤独にしてはいけない。私は、おばあちゃんを支えられる孫でありたい。

私はもうひと粒、缶の中からピンク色のボンボンを摘まんだ。

「おばあちゃんがなにをしても、私が近くで助けてあげられたらなあ……」

なんて、零《こぼ》したときだった。

「ただいま！　詩乃ちゃん見て見て！」

店の扉が開くと同時に、おばあちゃんの弾んだ声が入ってくる。私はフクとともに、そちらに顔を向けた。

「お帰り。今日もお土産あるの？」

「今日はすごいわよ！」

入ってきたおばあちゃんと、彼女の抱えているものを見て、私とフクは絶句した。あとから追ってくるユウくんが、慌ててつんのめっている。

「叶子さん！　その子、連れてお店に入って大丈夫ですか⁉」

彼の呼びかけに返事をしたのは、おばあちゃんではなくて。

「わんっ！」

おばあちゃんの腕に抱かれた、薄茶色の毛玉、ぼろぼろの赤い首輪。ぶんぶん揺れる尻尾。丸い顔をした、犬だった。

＊　＊　＊

おばあちゃんがなにをしても、私が近くで助けてあげたい。その気持ちはもちろんなのだが、まさか今日の今日、生き物を拾ってくるとは思わなかった。

今日は店を早仕舞いして、犬とともに店の奥の居間に引っ込んだ。

「……で。これは、どういった経緯？」

「散歩してたら見つけたのよ。町外れの荒地を一匹でうろうろしてたの。近くに飼い主さんらしき姿がなかったから、とりあえず拾ってきちゃった」

おばあちゃんはうふっと笑い、犬を横目で一瞥した。

「迷子だったのよ。放っておけないじゃない？」

コンビニで買ったドッグフードをがっつく、淡い茶色の頭。厚みのある油揚げみたいな、三角の耳。顔は柴犬系の和顔だが、体格はコーギーっぽくて、サイズは中型犬といったミックス犬である。

このとおりご飯に夢中なところを見ると、お腹をすかせていたようだ。でも衰弱はしていない。初めてやってきたこの家や、おばあちゃんや私に対して怯えている様子もない。おばあちゃんが発見したときも、犬の方からおばあちゃんにじゃれついてきたという。

犬はとても元気がよくて暴れまわってしまうので、ひとまず、工房から持ってきた段ボールでサークルを作って隔離した。犬は段ボールの壁を越えてはこないが、こちらに顔を覗かせて尻尾をぶんぶん振り回している。

段ボールの縁に、フクが座っている。間近でじっくりと犬を眺めているが、犬にはフクが見えないようで気に留めない。動物は人間よりも第六感が優れていて、人の目に見えないものが見えている……なんてよく聞くけれど、この様子だと精霊は見えないみたいだ。

段ボールで囲っていればこちらには来ない。落ち着いて、この子をどうするか考えよう。と思った矢先、犬は段ボールの縁に前足をかけて、飛び出しそうな勢いで吠えた。

「わん！」

「ひゃっ」

意外と大きい声に驚いて、思わず肩を弾ませた。犬にぎりぎりまで接近していたフクも、びくっと飛び跳ねて一瞬光の靄になった。段ボールのサークルが犬の体重で歪んだが、犬が足を離すと持ちこたえた。たぶん、このサークルは長くはもたない。犬はというと、大きな口で笑っているみたいにハスハスと息している。尻尾を元気に左右に揺らして、なんだか楽しげな奴だ。

「元気そうだし、人にも馴《な》れてるね。飼い主さんとはぐれて、あんまり時間経ってないのかな？」

「そうねえ。でも、どうやって飼い主さんを捜せばいいのかしら？」

私もおばあちゃんも、動物を引き取ったのは初めてである。店の中に生き物の姿の精霊はたくさんいるが、本物の犬と接するのは、ふたりとも素人だ。迷っていると、おとなしくしていたユウくんが口を開いた。

「動物病院に連れて行くのが先決じゃないでしょうか。どうすればいいか、教えてくれるかもしれません」

「そうね。いちばん近くの病院は、商店街の入り口のところね。すぐだから、歩いていけるわ。今から行っても大丈夫か、電話しておきましょうか」

おばあちゃんが手を叩き、すぐに電話に向かった。

病院まで歩いていけるのなら、犬にリードをつけて一緒に歩いていけばいいだろう。ただこんなに元気のいい犬では、病院内で暴れて他の患畜に迷惑をかけてしまうかもしれない。キャリーケース代わりになるものがないか考えてみたが、段ボールしかないので、今現在サークルになっている段ボールを組みなおすことにした。

犬がまた、こちらに向かって吠える。

「わう！」

「ひゃあ！」

吠えられるたびにびっくりして、変な声が出る。いちいち縮こまる私の肩に、フクがやってきた。

「なあ詩乃。お前もしかして、犬、怖い？」

電話中のおばあちゃんに配慮してか、小さい声で、耳元で慎重に聞かれた。私は一旦言葉を呑み、目を泳がせ、おばあちゃんに聞こえないように答える。

「ちょっとだけ……」

「やっぱり。なんか犬の一挙一動にびびってるもんな」

「いや、でも嫌いじゃないの！　かわいいと思ってる！　ただちょっと、びっくりしちゃうだけで！」

早口で付け足すと、少し言い訳がましくなった。

「ほら私、不運でしょ。子供の頃から、たまたま機嫌の悪い犬によく吠えられるんだよ。酷《ひど》いときは散歩中の犬にいきなり噛《か》まれることもあったから……犬が吠えると、咄嗟に身構えちゃうんだ」

店の中には、犬の精霊もいる。犬よりもっと獰猛《どうもう》な生き物の姿をしたものもいるくらいだ。でも精霊は光のシルエットだし、なによりこちらに攻撃してこないから、怖くない。おかげで動物慣れしたような気がしていたが、こうして本物の犬を前にすると、やはりちょっと体が強ばる。

「でも、本当に大丈夫。この子は人懐っこいから……噛まないし……」

気丈に振る舞ったつもりだが、語尾はどんどん細っていった。そんな私を一瞥し、フクはそれ以上は突っ込んでこなかった。正直言って、犬は少し苦手だ。でも、私がそんなことを言ったら、連れ帰ってきたおばあちゃんが気にしてしまう。幸いちょっと怖いだけで、どうしても相容《あいい》れないわけではない。おばあちゃんには、怯えている素振りは見せられない。

おばあちゃんが電話を終えた。

「動物病院、すぐにでも対応してくれるって！　たしか工房に、手ごろな組み紐があったわね。あれをリード代わりにしましょうか」

「わかった、持ってくるね」

私はちょうどいい紐を探しに、工房へ向かった。出かける雰囲気を感じ取ったのか、犬が興奮しだす。

「わん！」

お散歩だと思ったのだろう、ご機嫌な顔でひと声吠えた。

＊　＊　＊

「えーと。餌入れはここに置いて、水はこっちの器。ベッドは……ここでいいかな」

その日、日がすっかり暮れた頃。私たちは自宅の居間に戻ってきていた。ホームセンターで買い集めたペット用品を、居間に再建築した段ボールサークルの中に設置する。

作業のためにサークルの中にいると、犬が私の脚の周りをぐるぐるして、遊んでほしそうにアピールしてくる。でも餌入れにドッグフードを入れた途端、そちらに吸い込まれるように飛びつき、がつがつ食べはじめた。

動物病院で診てもらったところ、犬は健康そのものだそうだ。体に多少ノミがいたが、これは獣医さんにきれいにしてもらっている。本来ならば狂犬病のワクチンを受けている犬の首輪には鑑札をつけるのが義務付けられているそうだが、拾った犬の首輪にはそれもなかった。ひとまず獣医さんに、いろんな病気の予防接種をしてもらった。

その後、私たちは獣医さんの指示に従い、犬の飼い主を捜した。まず、交番に報告。迷子のペットを拾った場合、拾得物という扱いになるのだそう。町の警察に届けたが、飼い主から捜索の届出はなかった。

飼い主がすぐに見つからなければ、一時的に我が家で保護しなければならない。というわけで、これも獣医さんの指示どおり、必要なものを買ってきた。今や居間の三分の一くらいのスペースは犬のものになっている。

「飼い主さん、見つからないまま夜になってしまいましたね」

ユウくんがサークルの中を覗き込んでいる。

「今頃もどこかで、捜してるんだろうなあ」

私は、ご飯に夢中な犬の後ろ頭に目を落とした。毛に埋もれた赤い首輪は、だいぶくたびれてぼろぼろになっている。

首輪にドッグタグをつけて、名前や飼い主の連絡先がわかるようにしてあればよかったのだが、この子の首輪にはそれがない。首輪そのものに書いてあるかもとチェックしてみたが、表面にも内側にも、なにも書かれてはいなかった。

「手がかりなしかあ。せめて、この子の名前くらいは知りたいな」

「そうですね。飼い主さんが愛情もってつけた名前が、あるはずです」

ユウくんがサークルの外から言う。その彼の肩の上には、フクが乗っていた。

「でもさ、こいつを捜してますって、飼い主から警察に連絡行ってなかったんだよな？ちゃんと捜してるんなら、届け出してるんじゃねえの」

それもそうだ。動物病院にも、迷子のペットを捜す張り紙がいくつかあったが、この子のものはなかった。ユウくんが、不安げな顔で呟いた。

「捜されてないとしたら……この子、捨てられちゃったの？」

しんと、部屋に静寂が訪れた。犬のハスハスという呼吸音が、やけに大きく聞こえる。

捨てられた？　そうか、その可能性もあるのか。こんなに人懐っこくて甘えん坊な犬だから、飼い主に愛されているに違いないと思ったのだけれど、この子はもしかしたら、わざと迷子にされてしまったのかもしれない。そう思ったら、ご機嫌にご飯を食べる後ろ姿がやけに切なく見えた。

と、そこへおばあちゃんの明るい声が飛んできた。

「詩乃ちゃん！　じゃーん、実はこれ、内緒で買ってました」

こちらに歩み寄ってきたおばあちゃんの手には、犬用のおやつ、ジャーキーの袋があった。空気が凍りついていた私たちの中に割って入ってきて、おばあちゃんは私にジャーキーを持たせた。

「このワンちゃん、一日いい子にしててくれたでしょ。ご褒美におやつあげましょ」

「そうだね。この子も、急に環境変わって緊張しただろうし」

と、ジャーキーを手に持った途端。ジャーキーの匂いに気づき、犬は勢いよくこちらに飛びかかってきた。ぎょっとした私はジャーキーを手からすべり落としてしまい、犬はそれを一秒足らずで拾って食べた。そしてもっと欲しいと、私に飛びついてくる。

「わ、わああ！　おばあちゃん！　助けて！」

慌てておばあちゃんにヘルプを求めると、おばあちゃんはおかしそうに笑いながら、ゆっくりした仕草でサークルの外からジャーキーを差し出した。気づいた犬が、手のひらを返したように私から離れ、ジャーキーに吸い寄せられるようにしておばあちゃんの方へ向かっていく。

犬から解放された私は、段ボールの壁を越えてサークルを抜け出し、床に膝をついた。無意識に大きなため息が出る。飛びかかられたおかげで、胸から脚にかけて抜け毛だらけだ。普段のんびりだらけてばかりの猫のフクと接しているせいか、この犬のパワフルな動きに圧倒されてしまう。

おばあちゃんが犬に向かってパチパチと、小さな拍手を送っている。

「うんうん、よく食べて偉い！　元気なのはいいことね！」

そして犬の頭をぐりぐり撫で回し、おばあちゃんは言った。

「ねえ詩乃ちゃん。もしもこのまま、ワンちゃんの飼い主が見つからなかったら、この子に『ゆうつづ堂』の看板犬になってもらいましょうよ」

それは私に提案しつつも、犬にも語りかけるような口調だった。私は、え、と口をつく。

「うちで飼うの？」

「だって、私たちが引き取らなかったらこの子、行き場がないもの。里親を捜してもいいけど、捜さなくても、私たちがこの子の家族になればいいじゃない」

おばあちゃんのことだ。この犬を拾ってきた時点で覚悟は決まっていたのだろう。私はサークルの中の犬を、ちらりと一瞥した。おばあちゃんにたっぷり撫でてもらって、気持ち良さそうに目を瞑っている。警察によると、犬の飼い主が三か月以内に現れなければ、保護した人が正式に飼い主になっていいのだという。

本当は少し、犬が怖い。あえて飼いたいと思ったことはない。でも、私は居候の身であり、犬を飼うかどうかの決定権はおばあちゃんにあるわけで。

「そうだね」

そう答えると、おばあちゃんはこちらを振り向き、ぱあっと目を輝かせた。

「やった！　じゃ、名前をつけましょうよ」

「え！　飼い主が見つからなければ、でしょ？　名前を考えるのはせっかちすぎない？」

「でもどっちにしろ、飼い主が見つかるまではここにいるのよ。呼び名がないと不便じゃない？」

「それもそうか。ええと……。おばあちゃんがつけていいよ」

ユウくんもフクも、おばあちゃんが考えた名前だ。犬の名前もおばあちゃんがつけてくれればいいと思ったのだが、おばあちゃんはふふっと微笑んで、拒否した。

「詩乃ちゃんに考えてほしいわ」

突然の無茶振りである。まったく考えていなかった私は、数秒言葉を詰まらせた。考えてみたら、名づけというものをしたことがない。とりあえず、頭の中に浮かんだ単語を口に出してみる。

「えーっと……『ボンボン』とか」

今日、店のカウンターに置いてあった、シュガーボンボン。犬がやってきたのは、私があれを食べていたときだった。候補のひとつとして挙げたつもりだったが、『ボンボン』はおばあちゃんの心に深く刺さったらしい。

「ボンボン！　いいわね、そういえばこの子、ボンボンって顔してるわ」

おばあちゃんはボンボンの名前を繰り返し呼んで、犬……もとい、ボンボンのほっぺたを揉むように撫でた。

そんなテキトーなネーミングでいいのだろうか。そう思う反面、私も犬の顔を見ているうちにやけに『ボンボン』がなじんできて、それ以外思いつかなくなった。

＊　＊　＊

翌日。おばあちゃんは、午前中から出かけていった。しかしいつもの散歩とは違う。ボンボンの写真入りでポスター……といっても、私がスケッチブックに手書きで書いて作った簡易的なものだが、おばあちゃんはそれを知り合いのもとへ配りに行ったのだ。以前から付き合いのあるお向かいの焼き菓子屋さんや、町内会の仲間たちなど、町の人たちから情報を集めるのである。おばあちゃんの相棒であるユウくんも、彼女に同行した。

一方私とフクは、いつもどおり店を開けた。いつもと違うのは、カウンターの横の柱に組み紐を結んで、ボンボンを繋いでいることである。ボンボンは柱の下でちょんこりお座りして、カウンターの中の私を見上げている。私も、椅子に腰掛けて彼のつぶらな瞳を見つめ返していた。私の肩の上で、フクが耳をぴくぴくさせる。

「詩乃、犬怖いんだよな。こいつと暮らすの、本当は気が進まないんじゃねえの？」

「やめてよ、考えないようにしてるんだから」

返事は、少しため息交じりになった。

おばあちゃんが「看板犬に」と言いだしたときは、本音を言うとどきりとした。フクの言うとおりで、喜んで歓迎したとは言えない。だが、ボンボンは私に懐いていて、噛んだりしない。苦手意識を遮断して事務的に接すれば、案外なんとかなる。

それにこの子は、飼い主が現れない限り、ひとりぼっちなのだ。私の「ちょっと怖い」という気持ちなんて、ボンボンの孤独に比べればたいした問題ではない。

「吠えると怖いけど、おとなしくしててくれればかわいいから大丈夫。私もそのうち慣れるだろうし……」

と話している途中でボンボンがわんっと吠え、私はまた飛び上がって、椅子ごとひっくり返りそうになった。「そのうち慣れる」つもりだが、「そのうち」がいつになることやら。

ボンボンの周りに、きらきらと赤い光が漂っている。店の雑貨の精霊だが、石の種類も動物の影も、ぼんやりしていて判別がつかない。ああして寄ってくるということは、パワーストーンの加護は、犬にも対応しているのか。

そこへ、店の扉が開いた。

「いらっしゃいま……あ、青嶋さん。こんにちは」

今日も営業活動にやってきた、青嶋さんである。

「こんにちは詩乃ちゃん。今日は絶対俺がいなくてもいい会議にお呼ばれしたから、重要な商談があることにして抜けてきちゃった」

「つまり、サボりですね」

「効率的息抜きと言ってくれよ」

この人のサボり癖にはほとほと呆れる。けれど、私自身もつい最近まで会社員だったので、自分が出る必要がない会議に出席させられる無意味さには共感する。

入ってすぐ、青嶋さんは柱に繋がれたボンボンに気づいた。

「お、犬！　かわいいな。飼いはじめたの？」

彼は早足でボンボンに向かっていき、前にしゃがんだ。目線の高さを合わせてもらったボンボンは、大喜びで青嶋さんの膝に前足を置く。私はカウンターから彼らの様子を眺めていた。

「昨日、おばあちゃんが連れてきたんです。名前はボンボン」

「へえ、ボンボン！　かわいいねえ。よしよし、ボンちゃーん」

青嶋さんはさっそく名前を呼んで、ボンボンの顔周りをたっぷり撫で回した。ボンボンもかわいがってもらえて嬉しいらしく、青嶋さんの肩に飛びついて尻尾をぶんぶん振っていた。人懐っこくてテンションが高いところ、キャラが被っている。

じゃれあっていると、青嶋さんの紺色のスーツが、みるみるボンボンの抜け毛まみれになる。

「青嶋さん、スーツが毛だらけに……重要な商談があったという設定なのに……」

「あ、やっべ。まあいいや、あとでガムテープでぺたぺたすればバレないだろ」

全身に張り付く抜け毛を一瞥するも、青嶋さんはボンボンを撫でるのをやめない。つくづくマイペースな人だ。

「そうだ、青嶋さんの周りに、犬を迷子にしてしまった人はいませんか？　ボンボン、飼い主不明の迷子なんです」

なにかの手がかりになればと、尋ねてみる。青嶋さんはボンボンを抱えた姿勢のまま、こちらを振り向いた。

「迷子なのか！　そうだな、残念ながら心当たりはない。けど、会社の同僚とか、取り引き先にも聞いてみるよ」

「ありがとうございます。心強いです」

捜索範囲がおばあちゃんの知り合いだけでなく、青嶋さんのネットワークにも広がれば、情報が集まりやすくなるはずだ。

「今日、おばあちゃんが町の人にポスター配ってるんです。早く飼い主さんに気づいてもらえるといいな」

「そうだな、この辺で保護されたんなら、飼い主も周辺に住んでる人だろうね」

言ってから、青嶋さんは思い出したように付け足した。

「でも、犬って結構、行動範囲が広いんだよ。迷子の犬が家から十キロ離れたところで見つかったって話、聞いたことある」

「十キロ!?　そんなに歩くんですか？」

「犬種にもよるけどね。ボンボンの大きさならそこまでの体力はないかも。とはいえ、たまたま遠出したときにはぐれた、なんて可能性もあるしな……」

ボンボンの顔をむにむに伸ばして、青嶋さんは宙を仰いだ。

「ネットの掲示板はもう見た？　迷子のペットの情報提供を呼びかけてるところがあるんだよ。飼い主が捜していれば、書き込んでるかもしれないぞ」

「そんなのがあるんですか！　調べてみます」

私はすぐさま、携帯でネット検索した。町の名前とペット・迷子と検索すると、たしかに掲示板がヒットした。ここ数年で迷子になった犬や猫、鳥などを捜す飼い主の書き込みや、逆にペットを保護した、私たちみたいな立場の人による書き込みが連なっている。しかしやはり、ボンボンらしき犬を捜す書き込みはなかった。私はこの掲示板に、ここにボンボンがいることを書き込んで、ページを閉じた。

「飼い主さん、書いてなかったです」

「そっか。ま、気長に待とう」

青嶋さんが間延びした声で言う。私は携帯を伏せ、前屈みになってボンボンの顔を覗き込んだ。

「このまま飼い主が見つからなかったらうちの子にしようって、おばあちゃんが言ってるんです」

「へえ、いいんじゃない？」

青嶋さんは再びボンボンと目を合わせ、耳の周りを撫でた。

「お前、詩乃ちゃんたちに拾ってもらえてよかったな」

「わん！」

ボンボンが青嶋さんに返事をするみたいに、タイミングよく鳴く。その声に私はびくっと肩を強ばらせたが、悲鳴は呑み込んだ。

再び、店の扉が開いた。今度入ってきたのは、岬さんである。

「遊びに来たよ。あ、犬がいる！」

「こんにちは岬さん。この子は昨日からうちに来たボンボンです」

岬さんも青嶋さんと同じく真っ先にボンボンに反応し、ボンボンも彼女を大歓迎して後ろ足で立って尻尾を振った。青嶋さんが岬さんを振り向く。

「詩乃ちゃんの友達？」

「あ、どうも。お客さん？」

ボンボンを撫でながら、岬さんが青嶋さんに小さくお辞儀する。青嶋さんも、短い会釈をした。

「俺はお客さん兼、取引先」

ふたりのやりとりを見て、私は、そういえばこのふたりが初対面だったことに気づいた。両方ともよく来るし、一度来たら長くいるのだが、両者のタイミングが重なったのはこれが初めてだ。共通の知り合いである私が互いを紹介しようとしたのだが、ふたりともすでに会話を弾ませていた。

「この犬、叶子さんが拾ったんだって。迷子らしいよ」

「へえ。飼い主捜してるかな？　私も周りに知ってる人いないか聞いてみる」

大人がふたりでしゃがんで、背中を丸めて会話している姿というのはなんだかおかしくも愛おしい。それにしてもこの人たちは、初対面なのにもとから友達みたいに話す。ふたりの性格もあるだろうが、ボンボンの存在が仲介役になっていると感じる。動物は、場の空気を和らげてくれる。ボンボンが看板犬になってくれたら、きっとこうしてお客さん同士の交流が生まれて、この店はもっと豊かな場所になる。

ふいに、岬さんがボンボンの首輪に指を引っ掛けた。

「この子、首輪ぼろぼろだね」

「そうなんですよね。もう何年も同じ首輪つけっぱなしなんでしょうね」

私は椅子の上から、ボンボンの首輪をまじまじ眺めた。首輪の赤い布地はぼろけて毛羽立っており、色もはげている。年季が入りすぎて弱くなっている部分もあり、強く引っ張ったら千切れてしまいそうだ。岬さんがおもむろに言う。

「詩乃ちゃん、新しいの作ってあげたら？」

「え？　首輪を？」

「できないかな？　詩乃ちゃん、ぬいぐるみ作れるくらい器用じゃん？」

岬さんの発想にハッとさせられた。そうだ、この店は手作り雑貨の店である。犬の首輪を作るのも、ありかもしれない。

青嶋さんが首輪の部品を観察する。

「こういうバックル、うちにも取り扱いあるよ。様々な用途に対応して色もサイズも豊富に取り揃えております」

半分営業トークっぽく言って、青嶋さんは改めて私に顔を向けた。

「ボンちゃんこんなにかわいいんだから、おしゃれさせてあげないともったいないよ。この子だけのオリジナル首輪、作ってあげようよ」

「わん！」

まるで会話を理解できるみたいに、ボンボンが期待に満ちた顔で私に向かって鳴いた。

＊＊＊

雑多に散らかった室内、少しだけ埃《ほこり》っぽい空気。針やガラスの欠片《かけら》に注意して、スリッパなしでは歩けない床。この日の夜、店を閉めたあと、私はおばあちゃんの工房でスケッチブックを広げていた。まだ白い用紙の隣には、フクが鎮座している。

「新作？　……あ、あいつの首輪か」

「うん。どんなデザインがいいと思う？」

青嶋さんと岬さんに焚きつけられて、私はボンボンの首輪作りを始めた。材料は青嶋さんが協力してくれるという。まずは、あの犬に似合いそうなデザインを考えるところからだ。

雑貨のデザインを考えるとき、私はこの工房を訪れる。おばあちゃんが雑貨を生み出してきたこの部屋にいれば、おばあちゃんがセンスを分けてくれそうな気がするからだ。室内の散らかり具合や材料の匂いが、私の中のクリエイティブな気持ちを掻《か》き立てる。

ボンボンの首輪のイメージを起こす。もとからつけていたのが赤い首輪だったせいか、赤が似合うイメージがある。毛色が明るい茶色なので、茶色に似合う系統の色を合わせれば間違いなさそうだ。形はどうしようか。今の首輪は赤い色だけの無地でシンプルなものだが、それと同じでもいいし、幅の太さを変えてみてもいい。思い切り見た目を変えて、付け襟風にしてもいいだろう。それから、材質。レザーか布か。模様も悩む。ボンボンは日本犬っぽい顔をしているから、和風な柄が合う気がする。でも「ボンボン」という言葉はフランス語らしい、などと考えはじめるとイメージがあちこちに散ってまとまらない。

スケッチブックにいろいろな形の首輪を描いて、色鉛筆で色を塗ってみる。そのペン先に、フクが近寄ってきた。青白く塗った首輪の絵の横へと並ぶと、なんだかやけにしっくりきた。

「フク、この色に合うね！」

　ちょっと冷たく接してくるわりに私を気にしている、そんなフクの性格を知っているからだろうか。ひんやりしたカラーリングの中にも明るくて優しさのある色味が、やけにフクにマッチしている。フクが呆れ顔でこちらを見上げた。

「俺に似合ってても仕方ないだろ。俺、首輪つけないから」

「うーん、精霊って光の靄みたいな感じだし、つけられないか……」

「けどまあ、つけたくなる気持ちはわかるぜ。俺はなんでも似合うからな」

　フクは自信満々に、ふわふわの胸を反らせた。

　以前、私はフクに似たぬいぐるみマスコットをたくさん作った。そのぬいぐるみに色とりどりのリボンとパワーストーンをつけたのだが、ぬいぐるみの生地が白いおかげで、どんな色のリボンもよくなじんでいた。同じ毛色のフクも、やはりどんな色もよく似合うのである。

「白いフクはどんな色にも合……あ、ピンクの花柄全然似合わない！」

　フクがスケッチブックの上を移動して、別の首輪のデザインとフクがマッチングされる。

「黄色もちょっと違うな。でも、暗めの赤は合うかも。ふうん、首輪ひとつでこんなにかったりする。


雰囲気変わるんだ」

「白い毛にはどんな色でもなじむかと思いきや、柄や形によっては似合ったり似合わなかったりする。

ふと、以前フクが話してくれた、色の持つパワーのことを思い出した。石の色の系統で漠然と能力が偏るのは、色に宿る力に由来するから、という話だ。だからだろうか、フクの性格に合った色は似合って見えるし、その反対もある。〝らしさ〟というのは見た目や毛色だけではなく、身につける者の性格も、大きく影響するのかもしれない。

私はスケッチブックの端っこに、ボンボンの似顔絵を描いた。こんがり焼けたお餅みたいな薄茶色で塗って、切り抜く。このボンボンの似顔絵をスケッチブック上に滑らせて、首輪のデザインと並べてみた。

こうしてみると、ボツかと思った案が意外に似合うし、似合いそうな気がしていたものが案外そうでもなかったり、新たな発見がある。ボンボンは元気で明るくて、人懐こい犬だ。あの子から滲み出すイメージは、情熱的な色や、太陽みたいな明るい色。私の描いた似顔絵のボンボンは無表情だが、本物のボンボンは笑っているみたいな表情が多い。見れば見るほど気持ちが昂《たか》ぶってきて、私はスケッチブックを抱えてスツールから立ち上がった。

ちょうどそのタイミングで、工房の扉が開いた。

「詩乃ちゃん。集中してるところ悪いけど、あんまり夜更かしすると明日堪《こた》えるわよ」

心配したおばあちゃんが覗きにきたのだ。私は彼女の脇を抜け、スケッチブックを抱いて居間へと駆け出した。

居間ではサークルの中で、ボンボンが尻尾を振っていた。もう寝ているかもと思ったのだが、まだまだ遊び足りないのか元気いっぱいである。私を見るなり、前足を上げてぴょんぴょん飛び跳ねた。私はボンボンにスケッチブックを突き出して、首輪のデザインと本物のボンボンとを見比べた。それだけでもまだ試し足りなくて、自分のカーディガンをボンボンの首に当ててみたら、撫でてもらえたと勘違いしたボンボンに思い切り飛びかかられた。段ボールのサークルがなぎ倒される。ボンボンは私の肩に前足を乗せて、頬をぺろぺろと舐めてきた。

「わあ！　違うよ、遊んであげるんじゃなくて……あはは、くすぐったい！」

ボンボンの胸に巻きつくカーディガンが私の手に絡んで、てんやわんやになる。そんな光景を見て、おばあちゃんがくすくす笑っている。

「あら、仲良しね」

そのおばあちゃんの肩の上では、フクが呆れ顔をしていた。

目と鼻の先に、ボンボンの顔がある。犬の匂いが鼻腔《びくう》を支配する。くわっと開いた大きな口には鋭い牙が並んでいて、咄嗟に緊張が走る。でも目の前のボンボンは笑っているように見えて、今まで出会った、威嚇してきた犬の表情とは全然違う。顔を舐めてくる舌はふにふにと軟らかくて、牙は私に当たらない。ボンボンの背中に手を置くと、ふんわりした毛皮に指が沈んで、温かさに包まれた。

ボンボンともみくちゃになった私は、急にぴんときた。この温かさ、この表情。イメージがまとまった。今すぐにでもスケッチブックに描き起こしたかったが、今はもう少しだけ、ボンボンを撫でていたい気分だった。

＊　＊　＊

翌日の午前中、私は店のカウンターで『鉱石辞典』とにらめっこしていた。横には柱に繋がれたボンボンがいる。今日は朝から散歩ではしゃぎすぎたのか、珍しくおとなしく眠っていた。彼の周りには今日も、赤い光が寄っては離れてを繰り返している。

本に没頭する私の横に、おばあちゃんがやってきた。

「なに調べてるの？」

彼女の横にはユウくんもおり、さらにその肩にフクが乗っている。私は本のページをひとつ、捲った。

「ボンボンの首輪につける石をね。メッセージを込めてぴったりのを選びたいんだけど……」

ボンボンは人間みたいに、自分で好きな石を選んではくれない。だから首輪を贈る人間側が、気持ちを込めて石を選びたいのだ。

ボンボンの周りには、よく赤い精霊がやってくる。なにかはわからないが、ボンボンに適したパワーストーンがあるのだろう。

するとおばあちゃんは店の中を歩いていき、売り場からひとつ、赤い石のストラップを持ってきた。

「これなんてどうかしら？」

「これは……」

鮮やかな赤色をした、プチトマトみたいな石だ。ただしぺったりと均一な赤ではなく、色の明るいところと暗いところが交互に繰り返され、縞模様を浮かび上がらせている。ストラップは赤い獣のシルエットの精霊を纏っており、その姿はボンボンに近寄ってくる精霊と似ていた。

私がなにか言う前に、おばあちゃんはストラップを私に持たせ、その場を離れた。

「意味は調べてね。私、もう行かなきゃ。今日は昨日と反対方向にボンボンのポスター配りに行くわ」

「あ、うん！　よろしくね」

渡された石がなんなのか言わず、おばあちゃんはユウくんを連れてさっさと店を出て行ってしまった。フクだけ残って、『鉱石辞典』の横に舞い降りる。私はフクの前に、ストラップを垂らした。

「この石、カーネリアンだよね？」

たった今まで石の本を見ていた私には、この色味に見覚えがあった。しかしカーネリアンといえば、エネルギーや成功を意味するパワーストーンである。ボンボンとはいまいち結びつかない。

「なんでカーネリアンなんだろう。タイガーアイみたいに、私が知ってる以外の意味があるのかな」

しかしフクは、小首を傾げた。

「わからん。白水晶以外の石、あんま知らない」

精霊はパワーストーンに由来しているくせに、自分の石以外のパワーストーンについては詳しくない。フクに聞くよりもおばあちゃんに聞いた方が圧倒的に知識がある。あと、石に詳しい人はもうひとり思い当たる。

おばあちゃんと入れ替わりで、その人はやってきた。

「どうも！　詩乃ちゃん、バックルのサンプル持ってきたよ」

商品の入った箱を抱えてきた、青嶋さんである。今日はさっそく、首輪に使う材料のひとつであるバックルを用意してくれた。

それを見る前に、私は本をカウンターの下に片付けた。そして青嶋さんの方へ、ストラップを突き出す。

「ねえ青嶋さん、これ、カーネリアンですよね。カーネリアンってどんな意味があるんですか？」

「ん？　それカーネリアンじゃないよ」

容赦なく即答され、私は絶句した。この赤はカーネリアンで間違いないと思ったのだが。衝撃を受ける私を見て、彼はいたずらっぽく笑った。

「ごめんごめん、ちょっと意地悪した。カーネリアンでも大体合ってる」

そう前置きしてから、彼はカウンターに肘を乗せた。

「成分は一緒なんだけど、結晶構造と不純物の量で見た目が全然違ってさ、パワーストーン的には違うものとしてカウントされるんだよ。まず石英のグループの中でもひとつの塊のものが顕晶質《けんしょうしつ》、ミクロの結晶がぎゅっと集まってるのが潜晶質《せんしょうしつ》。で、その潜晶質の中でも、カルセドニー、アゲート、ジャスパーに分類されてだな……」

滔々と話され、私は途中からついていけなくなった。頭上にクエスチョンマークを浮かべて目をぱちくりさせていると、青嶋さんは一旦言葉を呑み、切り替えた。

「平たくいうと、同じ成分だけど模様が違うから違う石って扱いなんだよ。カーネリアンは模様がないからカルセドニー。ほんで、詩乃ちゃんが持ってるその石はしましま模様があるからアゲート。つまりそいつは、レッドアゲートだ」

「レッドアゲート！　カーネリアンとは同じだけど違うんですね」

私はまだパワーストーンの世界に片足を突っ込んだばかりで、おばあちゃんや青嶋さんほどは詳しくない。石が持っている力についても、まだまだ勉強中だ。鉱物の物質的な話もほとんどわかっていないけれど、こうして話を聞くとますます興味深い。もっと深く、知識の海に潜り込んでみたくなる。

「私、もっと勉強します！」

「叶子さんに教えてもらうといいよ。あの人、話しだしたら止まらなそうだけど！」

最後に冗談を付け加えてから、青嶋さんはカウンターに箱を置いた。そうだった、今日は首輪の部品のサンプルがあるのだった。

「首輪、イメージがだいぶ固まったんです。バックルもこだわりたいです」

「こういうの、安全性の問題でペット用品に使ってOKのものとだめなのがあるんだ。倉庫見たら結構種類があったから、ペット用OKのを全部持ってきた。バックル以外にもDカンとか、首輪にアクセサリーつけられるパーツも用意したよ」

青嶋さんの言うとおり、箱の中には個別に小さな袋に入ったパーツがたくさん入っていた。人間のベルトなんかにも使われる金属製のバックルや、リュックサックの肩ベルトについているようなプラスチックのワンタッチタイプのものなど、様々だ。輪のサイズを調節できるコキと呼ばれるベルト送りも、バックルに対になるデザインのものが揃っている。アルファベットのDの文字みたいな形の金属パーツ、Dカンは、首輪をおしゃれにアレンジできる。

「ペット用のネームプレートもあったから、持ってきたよ。なかなかかわいいよね」

青嶋さんが箱の底から取り出したのは、犬のシルエットを象《かたど》った札である。金属の板だが裏面は白く加工されていて、名前や住所を書き込めるようになっていた。

「すごい！　こんなにあればいろんな首輪を作れそう」

「イメージしてる首輪に合うのはあった？」

「そうですね、この黒いのがちょうど理想にドンピシャですが……」

私は箱からひとつバックルを選び、そのあと他にも数点ピックアップした。

「あと、これとこれと、これも！　それぞれ五個ずつくらい欲しいです」

「お、いっぱい作る感じ？」

「はい、ボンボン用にはひとつのつもりですが、昨日デザイン考えてたら捨てがたいのたくさん思いついたので、せっかくだから作って、お店に置こうと思うんです」

ボンボンに似合わなかった首輪でも、他の犬には似合うかもしれない。私が雑貨作りをしようとすると、青嶋さんは嬉しそうにする。

「久しぶりの新商品だな。部品、午後にでも用意してすぐ納品するね」

と、それまで寝ていたボンボンが目を覚ました。目覚めてすぐに目に入った青嶋さんに、寝起きだというのに一瞬でテンションが最高潮まで上がる。

「わんわん！」

「お、ボンちゃん起きたか！　よしよし！　今日も元気だな」

すぐに膝をついた青嶋さんは、今日もまたスーツを毛だらけにされていた。

＊　＊　＊

店を閉めたあと、納品された部品を使って首輪作りをスタートした。おばあちゃんの工房に籠る。心配しているのか、フクもついてきた。

工房の中にある材料は、自由に使っていいとおばあちゃんから許可が下りている。私は引き出しに入っていたステッチテープとハギレを貰ってきて、テープを折って縫い合わせた。

テープは今の首輪の色に似た赤、ハギレは赤とオレンジを基調としたチェック柄だ。スケッチブックのデザインとボンボンとを照らし合わせたその直後に、工房で見つけたハギレだ。これを引き出しから発見したとき、まさにこれだと雷に打たれた。エネルギッシュでよく笑い、その場を明るくする太陽のような犬。そんなボンボンには、この色がよく似合う。

テープの端っこからDカンと黒いコキを通し、端を折り返して固定する。反対側の端からは同じく黒い、ワンタッチバックルの、爪の方を通す。金属のバックルもかっこよかったが、このワンタッチタイプのものを使ったのは、着脱が簡単だからだ。ボンボンはやんちゃでよく動く子なので、首輪をつける動作だけでも喜んで人にしがみついてしまう。だからさっとつけられるものがあの子に合っているのだ。

フクが私の作業をじっと眺めている。

「バックルの爪の向き、合ってるか？」

フクに言われ、私は不安になって確認した。テープを丸く輪っかにしてみて、バックルの向きを見る。

「危ない！　裏側になってた」

このまま進めていたら、危うくバックルの裏面が表に出てしまうところだった。惨事を未然に防いだフクは、鼻高々に胸を張る。

「ほらなー。やっぱ詩乃は俺が見てないと、しょうもない失敗して不運な事故を起こす」

「はいはい、ありがとうね」

テープをコキに通して輪のサイズを調節できるように整えて、バックルのかみ合わせの相方を取り付ける。これで基礎は完成だ。

ここからがボンボン用に凝る作業だ。私はハギレを三角形に折って、テープで作った輪に噛ませ、縫い合わせた。布からはみ出しているテープ部分には、ハギレの残りで作った小さなポケットを縫い付ける。動物病院で言われた、鑑札を入れるためのホルダーである。そのホルダー部分には、きゅっと縛ったハギレを縫い付けてみる。

Dカンには、おばあちゃんに選んでもらったレッドアゲートを取り付ける。工房の照明を浴びて煌めく赤い石は、明るく鮮やかで、生命《いのち》の躍動を感じさせる。

ゆらりと、私の視界を赤い光が横切った。それはレッドアゲートと同じく燃える炎のような、犬らしき獣の精霊だ。ボンボンの周りに寄ってきていたのと、同じ色をしている。その精霊を視線で追っていると、フクに声をかけられた。

「おい、仕上げ忘れてんぞ」

フクの前足の先に、金色の犬のシルエット型プレートがある。青嶋さんが用意してくれた、ペット用ネームプレートだ。これをレッドアゲートに並べてDカンにつけて、完成だ。

「よし、できた！」

ボンボンのための、ボンボン専用首輪だ。

赤いチェックの布地は三角折りにしたバンダナ風になっており、ボンボンの胸元に垂れる形だ。鑑札ホルダーには同じ生地を結んで作ったリボンをつけて、バンダナの結び目を表現した。リボンの先が顔に当たったら嫌だろうから、下向きに流している。三角のドレープの端には、犬のシルエットのネームプレートと、レッドアゲート。

なかなかかわいい。上出来ではないか。

出来上がった首輪を掲げて満足に浸っていた私は、ふいに、作業台に残ったチェック柄のハギレが目に留まった。首輪用に使っただけでは使い切れず、結構な面積が残っている。首輪を置いて残りのハギレを摘まむと、フクが言った。

「それ、なにかに使えないか？」

「ね。首輪とお揃いで、リードにつけるアクセサリーでも作ってみようかな」

「そうじゃなくて……」

フクがふわりと、私の手首に擦り寄る。

「詩乃が、お揃いにするやつ」

ちょっとためらいがちに出たその提案に、私は思わず言葉を呑んだ。そのまま反応し忘れて数秒経ってから、パチンと手を叩く。

「すっごく名案！」

「わ、びっくりした」

「そうか、その発想はなかった。ペットと飼い主のお揃いグッズ！　お客さん、喜んでくれるかも！　やるじゃんフク、なんだかんだいいことを思いつくね」

そうと決まればさっそく実行だ。私はチェック柄のハギレに裁ちばさみを当て、ザクザク切り出した。

工房を出たのは、それから三時間くらい経ってからだった。あのあとフクの案を採用して、首輪と同じ色、同じ石を使ったリストバンドを作った。首輪と同じくバンダナを巻きつけたようなデザインになっており、結び目までお揃いだ。そのまま勢いに乗って、別の生地で他の首輪を作り、さらにそれに揃えた柄の飼い主用のアクセサリーを作り、とやっているうちにどんどん時間が経っていたのである。

できたての首輪とお揃いのリストバンドを持って、居間へ戻る。ボンボンの首輪をつけ替えようとしたのだが、サークルの中のボンボンはベッドに丸まって眠っていた。無理に起こさず、明日の朝、プレゼントしよう。明日の散歩のときには新しい首輪で出かけて、私もお揃いのリストバンドをつける。すれ違うほかの散歩中の犬と飼い主に、自慢できるかもしれない。そう思ったら、明日の朝が楽しみでそわそわした。

と、居間の隣の寝室から声が聞こえた。

「……ええ、そうですか、よかった。はい、わかりました」

おばあちゃんの声だ。ユウくんと話しているのだろうか。いや、それにしては随分よそよそしい口調である。ユウくんの声もしないし、電話だろうか。

「はい、はい。じゃあ明日、『ゆうつづ堂』までお越しいただけますか？」

おばあちゃんのその言葉が聞こえた瞬間、心臓がどくんと大きく跳ねた。なぜだろう、直感的に、嫌な予感がした。私の様子がおかしいと感じたのか、フクが覗き込んでくる。

「詩乃？」

返事ができなかった。ただ、やけに硬くなる体でサークルの中のボンボンを振り向く。

「ボンボン……」

首輪とリストバンドを握る手に、ぎゅっと力が籠る。寝息を立てる暢気《のんき》な顔を見ていると、余計に胸がざわざわした。

＊　＊　＊

その日の翌日、お昼前。小学生くらいの男の子とその家族が、『ゆうつづ堂』の前にやってきた。

「ムーちゃん！」

男の子が泣きながら、ボンボン……いや、ムーちゃんという名前の犬に抱きつく。ムーちゃん、つまり私の中ではボンボンである彼も、嬉しそうに男の子にしがみつく。

男の子の母親が、おばあちゃんに頭を下げる。

「うちの犬を保護してくださって、本当にありがとうございました。この子、散歩の途中でリードを離してしまって……」

「いえいえ、おうちに帰れてよかったです」

おばあちゃんが微笑む。私は、おばあちゃんの背中から少し下がって、遠巻きに眺めていた。

ボンボンの本当の家族が見つかった。昨日の夜、おばあちゃんのもとに電話がかかってきたのだ。飼い主は五キロほど離れたところに住む家族で、おばあちゃんが掲示したポスターを知り合いが見て、その知り合い経由で見つかったのだという。おばあちゃんが散歩で広げた交友関係が功を奏し、遠くの方までポスターを貼れていたのがよかったみたいだ。

ボンボンは迷子になったその日から警察に届けが出ていたらしいが、距離があったため警察の管轄が違ったらしく、照合が遅れていたようだ。なんにせよボンボンは、本当の家族からちゃんと、愛情を持って捜してもらっていた。決して、捨てられたわけではなかったのだ。

ボンボンは、泣きじゃくる男の子にあの晴れやかな笑顔を振りまいて、千切れそうなくらい尻尾を振り回していた。男の子の頬を伝う涙をぺろぺろ舐めて、頬ずりしている。あの子のことが大好きなのだと、見ているだけで伝わってくる。

ボンボンは私の家族ではない。この子には本物の家族がいて、本当の名前がある。わかってはいた。わかっていたはずなのに、その現実を、今更突きつけられた気分だった。いつからだろう。最初はボンボンが怖くて、早く飼い主が見つかってくれればいいと思っていたのに。その飼い主が見つかったのに、なぜか手放しで喜べない。

男の子の両親は何度も頭を下げ、店の前に停《と》めた車に乗り込もうとした。ボンボンも後ろの座席に案内されている。ボンボンは車を見上げて、くるっとこちらを振り向いた。そのつぶらな瞳と目が合うなり、私は弾かれたように駆け出した。

「待って！」

ちょっと、声が裏返った。私は男の子のそばへ駆け寄って、手に持っていた首輪をずいっと差し出す。

「これ、ボン……ムーちゃんのために作ったの」

頭の中に、『鉱石辞典』で読んだレッドアゲートのページが思い浮かぶ。

『レッドアゲート（赤瑪瑙《あかめのう》）心臓に力を充填し、大切な人との絆を深める。家族への愛を象徴する石』

大切な家族の一員として、ペット向けのお守りにもよく使われる石だという。忠誠や信頼を象徴とする犬の精霊が、男の子とボンボンの周りで煌めく。

これまで堪《こら》えていた気持ちが、堰《せき》を切ったように溢れ出す。

「この首輪のポケットには、鑑札を入れてあげて。それと、このプレートにはムーちゃんの名前と、住所と連絡先を書いて。書いてあれば、万が一また迷子になっちゃったとき、見つけた人がすぐに連絡できるから」

それからもうひとつ、首輪と同じチェック柄に同じ石をつけたリストバンドも、男の子に手渡した。

「こっちは、君の分。ムーちゃんとお揃い。ふたりだけの、絆の証《あかし》だよ」

本当は、このリストバンドは私がつけるつもりだった。でも、本当の飼い主がいるなら、これをつけるのは私ではない。

男の子は首輪とリストバンドを受け取り、こくんと頷いた。

「お姉さん、ありがと。僕、ムーちゃんのこと、ずっと大事にする」

「うん。約束」

やがて、車は男の子とボンボンを乗せ、エンジン音を吹かせた。開いている後部座席の窓から、ボンボンが顔を出している。私は少しの間だけ手を振って、すぐに腕を下ろした。でも、車が小さくなって見えなくなっても、ずっとその道路の先を見つめ続けた。

やはり、犬は苦手だ。声が大きくて怖い。牙が鋭くて噛まれると痛い。

そしていなくなると、信じられないくらい大きな孔《あな》を、胸に開けていく。

立ち尽くす私に、おばあちゃんが優しく微笑んだ。

「お疲れ様、詩乃ちゃん」

「うん」

「寂しくなるわね」

「うん……」

ほんの三日もいなかったくせに、こんなに大きな孔を開けていった。これだから、犬は。居間に残ったからっぽのサークルを見たら、たぶん泣く。

うなだれる私の首筋に、フクがぴったりくっついた。

「そんなに寂しがらなくても、詩乃には俺がいるだろ」

フクのほわほわした体温が、こそばゆくも温かい。

「俺もなんか、たまには首輪つけてやるよ。うまくできるかわかんないけど、光の屈折とかで、それっぽくさ。そしたら詩乃も、同じ色の腕輪でもつけろよな」

「フク……！」

不器用な優しさが胸に沁《し》みすぎた。私はフクをむんずと摑んで頰に擦り寄せた。

「やっぱり私のパートナーは君だよ、フク！」

「うわ！　なにすんだよ暑苦しいな！　放しやがれ」

私とフクのやりとりを、おばあちゃんが面白そうに眺めている。この町に冬が来る、その少し手前の日の出来事だった。

Episode5　フローライトの思慮

海辺のこの町に、本格的な冬が近づいてきた。今日は朝から洗濯物が風に吹き飛ばされる不運に見舞われたが、海から流れてきたその風が冷たくてびっくりした。

店の壁沿いの一部に、赤い精霊が集《つど》っている。新たに作った、ペット用首輪のスペースだ。あれからしばらくは、首輪を作ろうとするとボンボンを思い出してしまって寂しさで作業が手につかなかったのだが、一週間くらい経ってようやく、首輪作りに向き合えるようになった。今では犬用に限らず、猫用も用意している。そしてそれぞれの首輪には、飼い主がお揃いで身につけられるアクセサリーも、合わせて設置した。

レッドアゲートの精霊が煌めく首輪売り場には、一枚の写真が展示されている。チェックのバンダナ風の首輪をつけて笑う犬と、その横で同じ柄のリストバンドをつけた手でピースする男の子の写真だ。

これは、ボンボンことムーちゃんの飼い主が送ってくれたものだ。着用例として店に飾っていいとのことで、さっそく置かせてもらった。おかげで私は今日も、店のカウンターからあの犬のいい笑顔を眺められる。

　青嶋さんや岬さん、他にもボンボンと会っていたお客さんたちは、ボンボンがいなくなったのを寂しがっていた。でもこの写真を見ると、誰もが口を揃えて「家族のもとへ帰れてよかったね」と言う。私も、しばらくは寂しかったが、今ではだいぶ嬉しい気持ちの方が大きくなってきている。

　今日もお客さんがまばらな『ゆうつづ堂』で、私はカウンターでのんびり本を読んでいた。といっても今回は『鉱石辞典』ではない。町の図書館で借りてきた、鉱物学の本である。

「なあ詩乃、そんなの読んでて面白いか？」

　フクが邪魔してくる。本の縁からぴょこんとはみ出す白い頭に、私は言った。

「この前、青嶋さんがカーネリアンとレッドアゲートは同じ成分で、でも違う名前がついてるって話してたでしょ。そういうの、もっと詳しく知りたいんだ」

　例えばルビーとサファイアは、赤と青で色が全く違うが実は同じ石だという。私のイヤーカフの白水晶も、無色透明のものは白水晶と呼ばれるが、桃色がかっていればローズクォーツになり、黄色ければシトリンなのだ。こんなふうに、同じ物質でも色や状態で名前も意味も変わる石が、たくさんある。

　青嶋さんから聞いている石英のグループについても、顕晶質と潜晶質に分かれ、さらに潜晶質は模様の有無、混じっている不純物の量でカルセドニー、アゲート、ジャスパーに分類される。見比べてみると、同じ成分の石とは思えないくらい外見がかけ離れているものもあって、驚かされる。

本をじっくり見ていると、ふいに、知っている名前が見出しに現れた。

「『アイオライトの変質』……?」

そういえば前におばあちゃんが、アイオライトは長い時間をかけていくと変化が起きると言っていた。あのときは「調べてごらん」と投げられてしまい、私もそのまま、調べていなかった。

その答えが、この本に書いてある。アイオライトは長い時間の中で、白雲母《しろうんも》や緑泥石《りょくでいせき》という、これまた全く姿の違う石に変化するという。参考画像が載っているが、変質したアイオライトはあの印象的なすみれ色ではなく、白っぽいただの岩みたいになっていた。だが、驚いたのはその断面だ。

「わ、かわいい!　見てフク。お花みたい!」

中心の小さな円を起点に、放射状に六方向に広がる模様。割れた雲母の断面は、まるで六枚の花弁の花が咲いているような、愛らしい模様が浮かび上がっていたのだ。この断面が桜の花のように見えることから、『桜石』と呼ばれているそうだ。

「すごい。すみれの石が、桜の石に……」

アイオライトの結晶の形が、こういった模様を生み出すらしい。人間が手を加えたのではなく、自然の力がこの花を描き出す。なんて不思議で、なんて美しいのだろう。おばあちゃんは、これを見せたかったのか。

「すみれ色のアイオライトもすっごくきれいだけど、桜石も素敵だね。こんなに別物な姿に変わっちゃっても、違う魅力がある」

「たしかにすごいけど……そこまで喜ぶほどかあ？」

私が興奮している分、冷めてしまうのか、フクがやけに冷静に言った。

「結構、いろんなものがそうじゃねえか？　大豆だって、豆腐にも味噌《みそ》にも醤油《しょうゆ》にもなるぞ」

「それもすごいけどさ……フク、精霊だから自分は人間みたいに食べないのに、よく食べ物で喩《たと》えるよね」

以前、雑貨作りの際にパワーストーンをめちゃくちゃに詰め込もうとしたら、フクに『ラーメン全部載せ』と比喩されたことがある。

「まあでも、フクの言うことあながち間違ってないかも。豆腐も味噌も醤油も、全部違った魅力があるよね」

「叶子の雑貨も、同じ石を使ってても込めた祈りとか、持ち主の気持ち次第で精霊の見た目が変わることもあるらしいぞ。叶子が言ってた」

「それは本当に人知を超えてる現象だよね……」

精霊については、鉱物学以上にわからないことだらけだ。鉱物学は研究が進んでいるからいいが、精霊については完全に未知の領域である。

引き続き鉱物学の本に集中しようとしたら、店の扉が軋んだ音を立てた。冷えた海風とともに、お客さんの影が入ってくる。

「いらっしゃいませ。あ、岬さん！」

やってきたのは、温かそうなコートに身を包んだ岬さんだった。ここ最近、今まで以上に遊びに来てくれる。しかし今日の彼女は、いつものようなさっぱりした雰囲気を携えてはいなかった。

なんだか、曇り空を背負ったみたいにどんよりしている。でも泣きそうかといえばそうではなく、かといって苛ついているのでもない。ただげっそりと疲れきって、重い空気をまとっているのだ。

かなり気力が削《そ》がれているのだろう、彼女の周辺に、精霊たちがわっと集まる。精霊は自分を必要とする人に反応するので、こういう人が来ると癒しや健康やエネルギー系の精霊たちが一気に吸い寄せられるのだ。

ただならぬ雰囲気に、私の声は強ばった。

「どうしました……？」

「ああ、ごめん。顔に出てたか」

岬さんが眉間を抓《つね》る。声色はいつもどおりだったが、やはり顔には疲れが出ていた。

「朝から父さんと大喧嘩《おおげんか》してさ」

「そうだったんですか。大変でしたね」

岬さんのお父さんといえば、クマみたいに大柄な、豪快なおじさんだ。岬さんの家はガラス工房なので、このお父さんもガラス職人なのだが、彼が作る繊細なガラス細工とはまるで正反対の雰囲気の人である。同じく豪快な性格の娘、岬さんとは、口喧嘩こそ勃発するものの親子仲は悪くない印象だ。今回も「大喧嘩」なんて言っているが、よくある口論が普段以上に白熱したとか、そんなところだろう。

と、甘く見ていたのだが。

「私、この町を出て行こうかな」

岬さんのこの唐突な発言に、私は手に持っていた鉱物学の本をすべり落としそうになった。

今、なんて。

「この町を、出て……え？」

聞き間違いかと、途中まで繰り返した。岬さんはあっさり頷く。

「もっと都会に出て、別のことしようかなって」

「別のことって……」

「まだなにもかもが漠然としてるんだけど。でも、やってみたいことは、数え切れないくらいあるし」

岬さんは疲れた顔を一転させ、きらきらと目を輝かせはじめた。

「まず、会社員として働いてみたい。学生の頃からガラス工房の仕事してたから、会社員経験したことないんだよね。ずっと実家だったからひとり暮らしにも憧れる。あと、資格も取りたいな。そうだ、起業とかしてみちゃったり！」

「待って待って。どういうことですか岬さん。順を追って話してください」

彼女の言葉を遮ってまで、私は早口で捲くし立てた。岬さんがこの町からいなくなるなんて、考えられない。

「なんでそんなこと言うんですか。ガラス職人、辞めちゃうんですか!?」

私の大声が、静かな店内に響く。精霊たちがざわつき、店の中をゆらゆらと落ち着きなく漂う。

ガラス職人としての岬さんは、すごくかっこいい。仕事への誇りも感じた。それがどうして、そんな心境に。お父さんとの喧嘩が原因で、家にいられなくなってしまったのか。

岬さんは表情を翳《かげ》らせ、数秒沈黙した。やがて重々しく口を開く。

「驚かせちゃったならごめんね。たいしたことじゃないんだ。私、実は家の仕事、もともとは継ぎたくなかったんだよ」

「え……」

意外なあまり、私は間抜けな声を漏らした。以前一緒にコラボ商品を作ったときに、ガラス工房で見た岬さんを思い出す。ガラスと向き合う瞳は誇らしげで、ガラス職人の仕事に情熱を持っている……というふうに見えた。いやね、と岬さんは続ける。

「だって嫌じゃん。自分でやりたいことを決められずに、親に敷かれたレールの上しか歩けない。この家に生まれた瞬間からその運命が決まってたと思ったら、なんか納得いかなくてさ。昔から、どうにかして父さんの思いどおりにならないように反発してた」

啞然《あぜん》とした。岬さんは気風《きっぷ》がよくてさばさばしていて、そんなことを考えているようには、とても見えなかった。

「この前父さんと、入江の彼女が夢を追って海外に勉強に行ったたって話になってね。

『岬は俺に反発してたくせに、留学するほどの夢も度胸もなかった』って笑われたの。それがなんかムカついて」

岬さんは、笑っているのに悔しそうだった。

「もし夢も度胸もあったとしても、行かせてなんてくれなかったくせに。他の道に進めないように、私を抑え込んだのはそっちじゃん……」

岬さんのお父さんは、豪快が過ぎてデリカシーに欠けるところがある。彼女の心の中に封印していた軟らかい部分に、土足で踏み込んでしまったみたいだ。

細めた声で話していた岬さんだったが、彼女はぱっと、明るく切り替えた。

「と、まあそんな感じで、私も言い返して、父さんも言い返して、お互い熱くなっちゃったんだ。そっから数日ギクシャクしちゃって、今日なんか朝からちょっとしたことがきっかけで怒鳴りあいに発展してさ。『出てってやる』って言ったら、『勝手にしろ』って返されたから、勝手にすることにした」

「それで、この町からも出て行ってしまうんですか？」

「うん。考えてみたら入江の彼女だってこの歳で夢を追いかけて海外に行ったんだし、同い歳の私だって、まだまだ自由になるチャンスはあるじゃない」

岬さんの言うことはもっともだ。彼女にだって、自由になる権利がある。それはいくつになってからでも遅くない。それは、わかる。

　岬さんは、屈託ない笑顔で言った。

「でね、相談なんだけど！　私がこの町を出て行くのに、パワーストーンのお守りをひとつ、持って行きたいんだ。なんかこう、仕事運とか金運とかとにかく縁起のいいやつ、なにかない？」

「え、えっと……」

　岬さんの告白に衝撃を受けてしまって、頭が真っ白だ。

　ガラス職人の仕事が不満だったことも、彼女がここからいなくなってしまうことも、両方面から衝撃が押し寄せてきて整理が追いつかない。なにか言わなきゃと思うのに、言葉が出てこない。

「……ごめんなさい、まだ受け止めきれなくて」

　私は、彼女の質問に答えられなかった。代わりに、自分からも問う。

「町を出て行こうって、お父さんとか、ご家族にはちゃんと相談するんですよね？」

「もちろん、そこはけじめをつけるよ。たぶん、相談したところで『勝手にしろ』って言われるけどね」

　あっけらかんとしているけれど、これは彼女の人生を大きく左右する分岐点だ。岬さん自身も、わかっていてこう言っているのだろう。それくらいの覚悟が、この人の胸にあるのだ。

私は抱えていた鉱物学の本を、ぎゅっと握り締めた。

「もう、会えなくなっちゃうんですか？」

「……わからないな。行ってみないと、なんとも」

また来るよと約束してくれない。これも、彼女の覚悟の表れなのか。岬さんは、少し困り顔になった。

「だから、パワーストーンのお守りが欲しいんだよ。心細くなったとき、その石を見れば、詩乃ちゃんが応援してくれてるって思い出せるでしょ」

岬さんの優しい声色に、私は目を伏せてしまった。心細いときに、石を心の拠《よ》り所《どころ》にする。石との向き合いかたとして、それはきっと正しい。私も、岬さんが新しい一歩を踏み出すのなら、エールを送りたい。

でも今の私にはまだ、彼女を送り出すための石なんて、考えられなかった。

岬さんは、店の中を歩きはじめた。様々な雑貨を手にとっては置き、手にとっては置きを繰り返している。

「こういうのって、自分の中でぴんときたものを選ぶべきなんだろうけど、どれを見ても心が決まらない。なんでだろ……」

これといったものに導かれないのも、仕方ない気がする。なにせ岬さんの周りには、かなりの数の精霊が集ってきている。仕事関係をいい方向へ導くウサギ、癒しのイルカなど、他にもいろいろ入り乱れていて、もはやなにがなんだかわからない。まるで岬さんの精神状態を投影したみたいだ。こんなにごちゃごちゃでは、なにがいちばん大切かなんて見極められない。彼女自身が雑貨を選べないのも、きっとそのせいだ。

頭の整理が必要なのは、私だけではない。岬さんもなのだ。

「ねえ岬さん。この町を出るの、もうちょっと、待ってくれませんか？」

「ん？　うん。どうせ荷物片付けるのに時間かかるし、行き先決めて、住む場所も確保しなきゃだし、まだしばらくはいるよ」

「よかった。私、岬さんがいなくなるのなんて簡単に受け止めきれないです」

「ははは。ありがと」

岬さんは軽やかに笑うと、腕を高く上げて伸びをした。

「さて、詩乃ちゃんに話したらだいぶすっきりした！　今日は青嶋さんを見習って仕事サボっちゃおう。カラオケ行こーっと」

そう言って店を出て行く岬さんの背中には、扉が閉まるぎりぎりまで、精霊たちが寄り集まっていた。彼女の姿が消えるなり、精霊たちも散り散りになる。

「あんなに精霊に懐かれて……すっきりなんて、全然してないじゃない」

つぶやくと、それまでおとなしくしていたフクが私の肩にやってきた。

「あいつ、強そうに見えて強がりなだけだよな」

岬さんのもとから散った精霊たちが、店の中を自由にさまよいだす。私は閉じた扉を眺めて、ため息をついた。

＊　＊　＊

翌日、店は定休日だった。私はここからいちばん近いバス停に向かい、そこから以前一度だけ行った、町外れの工房へと発《た》った。聞き覚えのある地名でバスを降りる。土地勘のない住宅街に降り立ったら、前に行ったときに教えてもらった道順を思い起こしながら、携帯に表示した地図を頼りに進む。

やがて、その建物の輪郭が見えてきた。『柏木ガラス工房』、岬さんのお父さんのガラス工房だ。鞄の中からぴょこっと、フクが顔を出す。

「ここに来たの、グラスとジオラマ作ったとき以来だな」

「そうだね。なんだろ、ここに来たら、気持ちが落ち着くような気がして」

岬さんにはなんの連絡も入れていない。ただ、この建物を見に来た。ガラスを焼く岬さんの顔をもっと鮮明に思い浮かべたら、気持ちにひと区切りつくのではないか。そう思ったら、自然とここへ足が誘《いざな》われていた。

建物を前にすると、初めて来た日の記憶が蘇ってきた。工房は暑いとか危険とか言いながらも、燃える坩堝を見つめる彼女の瞳は、炎以上に輝いて見えた。私はコラボアイテムを作りに来たという目的を忘れて、岬さんの立ち姿に目を奪われてしまった。

あの目をもう見られなくなると思うと、なんだかもったいない。

「ねえフク。岬さん、本当にガラス職人辞めちゃうのかな」

「さあ。本人が『本当は嫌だった』って言うんなら、仕方ないんじゃね」

フクは案外あっさり言った。

「でも岬、元気に振るまってっけど相当メンタルやられてるっぽかった。半ば自棄《やけ》になってんじゃねえか」

「フクから見てもそう感じる？」

「ああいう世話好きなやつって、自分は心配されるのが嫌で、頑丈なふりすんだよな。叶子もそうだからよくわかる」

岬さんは凜とした人で、そこがかっこいいのだけれど、そうありたいがために弱さを見せたくないのだろう。かといって発言の全部が全部捨て鉢というわけではない。ガラス職人の殻を破って別の世界を見たい気持ちも、嘘ではなさそうだった。青春時代に、支配体制への息苦しさを感じていたのは、本音だと思う。

私も、彼女が別のことをしたいのならそれでもいい。でもその気持ちと、辞めてしまうことのもったいなさと、単純にいなくなったら寂しいという思いとが、同時に両立している。

「うーん、気持ちに整理をつけるために来たのに、余計にわかんなくなっちゃった」

ため息をついて、帰ろうとした、そのときだった。

「あれ。君は……おーい、詩乃ちゃん！」

やや距離のある場所から、声をかけられた。どっしりした太い声だ。振り向くと、工房の入り口に岬さんのお父さんが立っている。彼はひげ面に添えた手をメガホン代わりにして、私を呼び止めた。

「やっぱり詩乃ちゃんだ。久しぶり！」

相変わらずの大きな声である。私も、挨拶をしながら駆け寄る。

「こんにちは！」

門越しの私に、岬さんのお父さんは気さくに口角を上げて迎えてくれた。

「こんなところまで遊びに来てくれたのか？　すまんが、今日は岬は出かけてていねえぞ。まったく、どこ行ったんだか」

最後の方は、ちょっとピリついた声色だった。私は慌てて首を振る。

「いいんです、私も今日はなんの連絡もなしに来ましたから！」

もちろんいてくれたら嬉しかったが、不運な私がそんなラッキーに出会えるはずがない。岬さんのお父さんが、顎を撫でる。

「そうかあ。なんか申し訳ねえな」

「あの、それより……」

私は少し言い淀み、改めて岬さんのお父さんを見上げた。岬さんには会えなかったけれど、この人に会えたのは私にしてはかなりの幸運ではないか。せっかく会えたのだ、この機会を逃すのは惜しい。

「お時間大丈夫でしたら、お話を伺えませんか？　岬さんのこと、聞かせてほしいんです」

それから私は、岬さんのお父さんに工房の一室に通された。商談用と思われる、客間だ。八畳ほどの広さにテーブルと椅子が置かれ、壁伝いにはガラス細工やガラス関係の本が入った戸棚があった。少し埃っぽいが、きちんと片付いたきれいな部屋だ。

岬さんのお父さんは、私を椅子に座らせると、陶器のカップにお茶を入れて持ってきてくれた。

「それで、岬のこと聞きたいって？」

彼も私の前に座る。私はやや緊張気味に、でもなるべくはっきりと切り出した。

「昨日、岬さんがうちの店に来ました。お父さんと喧嘩してしまったと聞いてます」

「あいつ、詩乃ちゃんにそんな困らせるようなこと言って……すまねえな、みっともないところ見せちまったな」

岬さんのお父さんが苦笑する。

「昨日、岬から『ここを出て行こうと考えてる』って言われたよ」

どうやら彼女は、ちゃんとお父さんに話したみたいだ。

「お父さんは、なんて返事したんですか？」

「『勝手にしろ』と言ってやったさ」

岬さんの予想的中である。でも、その先に続いた彼の言葉は、意外なものだった。

「勝手にしていいんだ。あいつの人生なんだからな。俺が決めることじゃない」

「えっ……」

お茶の水面《みなも》からほこほこと、白い湯気が上っている。岬さんの口ぶりから、お父さんは岬さんの生きかたになにかと口を出すように感じられた。今回も、自分の思いどおりにならなかった岬さんを見限るような、そういう「勝手にしろ」かと思われたのだが。

水蒸気越しの岬さんのお父さんは、どこか自嘲的に笑っている。

「いや、本音を言えば出て行かないでほしいさ。この工房の跡継ぎがいなくなっちまうからな」

岬さんに家を継ぐルートしかなかったのは、そういう都合らしい。岬さんのお父さんは、世間話でもするみたいに、軽やかに言った。

「岬の母親はな、岬が三歳のとき、病死してんだ」

突然の告白に、私は絶句した。

お母さんが亡くなっていたなんて。聞いていない。だが言われてみれば、岬さんからはお父さんの話題は聞くが、他の家族について話されたことはなかった。

凍りつく私に、彼は相変わらず、悲しそうでもなく平然と続ける。

「だから俺ひとりでの子育てでよ、大変のなんの。岬が言うことを聞いてくれないとどうにもこうにもだったから、俺はあいつを厳しく躾《しつけ》た。母さんみたいに病弱になってほしくなくて、なんでもよく食べるように、嫌がるもんも無理やりにでも食べさせた。まあ、そういうのがよくなかったのかもしれんが」

淡々と話される内容に、私はまだ固まっていた。感傷を感じさせない話しかたは、話し慣れているというか、奥さんのいない日々を受け入れているような、そんな落ち着きかただった。

お父さんがお茶をひと口啜る。

「岬の方も、俺のやりかたにうんざりしつつも、片親で大変なのを理解していた。俺に迷惑をかけまいと、変に気遣いやがってな。結果、あいつは俺に反発心を持ちながらも逆らえない性格になった」

職人の仕事を継いだのも、本人の意志ではない。お父さんに言われるままだったというのは、そういう背景があったからなのか。

岬さんのお父さんは、かくんとうなだれた。

「そうやって抑えつけてきちまった岬がよ、自分から『ここを出て行きたい』って言ったんだ。もういいだろう。あいつも大人だ、俺が監視しなきゃいけない時期はとっくに終わってる。もういいんだよ、あいつは勝手にしていいんだ」

後半の方はもう、私に向けて話しているというより、自分自身に言い聞かせているように聞こえた。クマのような大男が俯《うつむ》く姿は、山みたいなシルエットなのに、どうにも小さく見える。

「このガラス工房も、ぼちぼち潮時だしな」

お父さんが太い眉を寄せる。

「かつては子供向けの体験工房なんか開いてたが、それももうやってない。このまま事業を小さくしていって、俺の代で終わらせれば、岬も好きなように生きられる。俺は、岬が幸せでさえあれば、工房なんかどうでもいいんだよ」

私は鞄から顔を出すフクに目をやった。フクは丸い目でじっと、お父さんを見つめている。私は気の利いた言葉ひとつ思い浮かばず、お茶で口を覆った。

＊＊＊

バスに乗って、帰路についた。家からいちばん近いバス停でなく、そのひとつ手前で下車する。ここから歩いて五分、松の並木を抜けたらすぐ、浜辺に出る。

真っ直ぐ帰らずに海に寄り道したのは、ちょっとした気分転換である。拓《ひら》けた視界の先に真っ直ぐな水平線と、それに分断された冬の空。鼻につく潮の匂い。波間がきらきらと、日の光を反射させている。こんなに広いのに、人影がどこにも見当たらない。大きく息を吸い込むと、体の中の淀んだ空気が入れ替わる気がした。

「広くて静かだね。海を見てると、不思議と落ち着く」

イヤーカフの横、肩にいるフクに言う。フクはもこもこの毛をもっと膨らませて、より大福みたいなフォルムになっていた。

「寒い」

「ああ、ちょっと肌寒いかもね」

ほんのり温かいフクの体温が、頬の辺りに伝わってくる。

「精霊も寒さ感じるんだね」

「あれ、そういやそうだな。夏場は気温なんて気にならなかったのに」

フクが小首を傾げた。私はふうんと鼻を鳴らし、砂浜へ足を踏み出す。

「それもしかして、フクが精霊として一段階成長したってことかな」

店の中の精霊たちは、光の靄である。それが成長して、フクのように言葉を理解して話すようになり、体もなんとなく実体のあるものになっていく。温度を感じるというのも、フクがより生き物に近づいている、その一歩に思えるのだ。しかし当のフク本人は、あまり興味がなさそうである。寒そうに首を竦《すく》めて、尻尾を私の肩に這《は》わせている。

つま先が砂浜の細かい砂を蹴る。白っぽい砂浜に、私の足跡が点々と残る。私はおもむろに、フクに尋ねた。

「フクは、あのお父さんの話を聞いて、なにを感じた？」

「いろいろあるんだなあ、って思った」

「なにそれ、漠然としてる」

「だってそれ以上に思うことないだろ。誰もがみんな、それぞれなにかしら抱えて、なんだかんだで生きてるんだから」

「それもそうかあ」

誰しも育った環境があり、それをバックボーンに人格が形成される。奥さんが亡くなったのをきっかけに、ひとりで娘を育てる使命から過干渉になったお父さん。そんな父親のもとで、少し窮屈そうに、でも凛とした芯の強い女性に育った岬さん。

フクの言葉を借りれば、「いろいろあった」のだろう。これからもいろいろあるのだろう。現に、お父さんは岬さんが思っているのとは違ってきているようだった。

「お父さんは、岬さんを送り出すつもりで心を決めてるみたいだったね。苦しそうだったけど、納得しようとして頑張ってた」

『岬が幸せでさえあれば、工房なんかどうでもいい』。それが、彼の気持ちの全てだろう。

「お父さんがああ言ってるんだもん。私も、気持ちよく送り出せるように、切り替えなきゃ」

潮風が髪に吹き付ける。頬が痛いくらい冷たい。

「うーん……なんの石を贈ろうかなあ」

彼女の周りに集まった精霊たちを思い浮かべる。ぐちゃぐちゃに集まっていたせいで姿を認識できなかった精霊もいたが、仕事や縁を意味するウサギ、心の癒しを象徴とするイルカあたりが目に付いた。

「岬さんの新たな旅立ちを応援する石か、溜まった鬱憤を癒して、すっきりした気持ちで再スタートさせる石か……」

「もしくは、家庭円満の石。あいつ、父ちゃんとすぐ喧嘩するから」

フクに付け足され、私は虚空を見上げた。

「仲直りの石……なんて渡したら、お節介か。それだと、お父さんとやり直してほしいみたいに感じ取られちゃうかも」

岬さんは、家のガラス工房から脱却したいのだ。出て行く前にお父さんと和解してほしいが、仲直りを促すのは、彼女に出て行かないでほしいという私の本音まで滲み出そうだ。

　フクが眠たそうにあくびをした。

「だめなのか？　岬は詩乃に選んでほしいって言ってんだぞ。詩乃が岬にどうしてほしいかで、選んでいいんじゃねえの」

「うん、そうかもしれないけど。でも岬さんの大事な選択の場面だから……私の気持ちを押しつけるようなことは、したくないんだ」

　足元に視線を落とす。ゆっくり歩くと、つま先からぱらぱら、砂が零れた。

「お父さんも言ってたけど、岬さんの人生だから。岬さんが自分で選んだ道で、自分の幸せを掴んでくれれば……」

　そこまで言って、私ははたと、足を止めた。

　そしてさっと踵《きびす》を返し、自分のつけてきた足跡を辿《たど》る。フクがきょとんとしている。

「え？　なんか思いついたのか？」

「うん。帰る！」

　砂浜を戻って松並木を抜け、バス停ひとつ分を足早に駆ける。お昼時の空の下に佇《たたず》む『ゆうつづ堂』が見えてきたら、さらに足が急いだ。建物に駆け込んで、カウンターの裏から『鉱物辞典』を引っ張り出す。居間のおばあちゃんにただいまとだけ声をかけ、すぐに工房へと閉じこもる。

『鉱物辞典』をさっと捲ると、まるで巡り合わせのように、その石のページに出会った。

「これだ」

本を開きっぱなしで作業台に置いて、棚の引き出しを開ける。中に詰まった数あるパワーストーンのタンブルから、透き通ったミントグリーンの石を摘まむ。工房の照明に照らされて、朝露のようにうるうると煌めく。

隣の引き出しからコーヒー色のロウビキ紐、それから金色の丸いビーズをとり、作業台につく。イメージが一気に仕上がっていく。唐突に火がついた私に、フクはまだ啞然としていた。

紐にはさみを当て、一メートルくらいのものを三本、その半分よりやや長めに取ったものを四本に切り分ける。短めの方を二本ずつの束にして、それを十字に、作業台に広げた。十字の中心をずらさないように、紐を折って重ねて、結んで、編んでいく。

地道に組んでいくと、やがて直径五センチ程度の小さな網ができた。

「へえ、そんなのどこで覚えたんだ？」

フクが驚いている。私はできた網で、ミントグリーンの石を包んだ。

「ここに来る前、雑貨メーカーに勤めてたでしょ。そのとき、ガラスの浮き玉風のストラップが不良品だらけでね」

ストラップ部分がほぼ全滅だった、ペンポーチ。ストラップの直しは全て手作業、手の空いた社員があちこちから集められて、阿鼻叫喚の地獄が生まれた。そんな思い出が蘇る。

あの作業はもう随分前のことだが、意外にも体が覚えている。私は石を包んだ紐を折って交差させ、固く結んだ。紐同士を編んで結び合わせてを繰り返し、石が網の中に閉じ込められる。

続いて、長く取った紐を三つ編みにした。先程作った網に包まれた石やビーズを通す。紐の両端をきつく結んで、輪っかにする。

「できた！」

出来上がったのは、ロウビキ紐のマクラメ編みペンダントである。さっぱりとスタイリッシュなペンダントは、カジュアルな服にも甘めな服にも合わせやすい。岬さんがつけたところを想像して作ったから、彼女によく似合う自信がある。

網に包まれたミントグリーンの石が煌めき、ふわりと、光の粉が舞った。私の目の前に現れた光の粒は、ゆるやかに形を成しはじめ、数秒もすると緑色の蝶《ちょう》になってひらひらと飛び回りはじめた。私は蝶を目で追いかけ、スツールを立った。引き出しから蝶のデザインのプレートを取り出し、丸カンを繋いで石の横に垂らす。

淡く透き通る緑色の蝶は、昼の工房の中をゆらゆら、美しく羽ばたいていた。

＊　＊　＊

ペンダント作りは、作業自体は単調なものだが、同じような作業の繰り返しに長く時間がかかった。私自身が不慣れなせいもあるだろうが、お昼ご飯を忘れて集中しているうちに、出来上がったのは夕方だった。

お守りができたと連絡したら、岬さんはすぐ翌日、店に遊びにきてくれた。

「こんにちは！　詩乃ちゃん、作ってくれてありがとう！」

元気よく扉を開ける岬さんは明るい顔をしていたが、今日も以前と変わらず、精霊がわさっと集まっていた。まだ彼女の心は、ぐしゃぐしゃにかき乱されている。私は作ったばかりのペンダントを持って、カウンターを出た。

「いらっしゃいませ。これ、気に入ってもらえるといいんだけど」

ペンダントを持つ私に寄り添うようにして、緑色の蝶が舞い上がる。それが私を追い越して、きらきらと光の粉を零しながら、岬さんのもとへと飛んでいく。

岬さんは、ペンダントを見るなり目を見開いた。

「わあ、きれい！　すごくいい色の石！」

岬さんのそばへペンダントを翳すと、案の定、淡い緑色がなじむように似合う。岬さんがペンダントを受け取ると、蝶は彼女の肩にとまった。岬さんは手のひらに石を載せて、弾んだ声で問うた。

「これ、なんて石？」

「グリーンフローライトです」

フローライトは、色のパターンがとても多い石のひとつである。色によって持つ意味が異なるのだが、今回私は、この淡いミントグリーンを選んだ。

岬さんが、石のきれいな色に目を輝かせている。私はぽつりと、切り出した。

「あの、岬さん。大豆って、豆腐にも味噌にも醤油にもなるじゃないですか」

「えっ、なに、藪《やぶ》から棒に」

岬さんの目が私に向く。私も、彼女の顔を真っ直ぐ見た。

「もとの素材あってこそで、それが他のものと出会って、様々な工程を経て、変わっていく。見た目も味もすっかり変わりますが、でも、それにはそれのよさがあるんですよね」

「そうだね」

「私は岬さんがガラス職人じゃなくなっても、考えかたが変わっちゃっても、あなた自身であることが変わらなければ、なんだって応援します」

豆が姿を変えるように、青虫が蝶になるように、アイオライトが時間とともに桜石になるように。人も、生きていく中で変わっていく。

「この石は、抑圧から解き放って思考を滑らかにしてくれる石です。ちくちくした心を穏やかな状態にしてくれて、思考力や判断力、ひらめきを助けてくれる」

フローライトは、大人になって凝り固まった思考回路をほぐして、柔軟な発想ができるように助けてくれる石なんだそうだ。とくに緑色のフローライトは、癒しをもたらして、冷静に自己を見つめ直させてくれる。

今の岬さんは、変化の中にいる。しかしいろんな感情で頭の中がごちゃごちゃになって、うまく判断できない状態に見える。だからまずは冷静に、自分の気持ちと向き合ってほしい。グリーンフローライトに込めた想いは、岬さんが岬さんらしく、彼女にとっていちばんいい道を選択をしてほしいという願いだ。

「生きているといろんなことが変わっていくけど、でもその変化は、今までの自分を捨てるってことじゃない。新しいものが積み重なって、可能性が増えていくことなんだって、気づかせてくれる石です」

岬さんは、無言で石を手に乗せていた。私は一旦口を閉じ、はは、と笑って濁す。

「でもいちばんの理由は、その色が岬さんに似合いそうだなってとこです。遠くへ行っちゃっても、このペンダントを見たら私のこと思い出してくれたら嬉しいなあ、なんて……」

と、私が最後まで言い切る前に、岬さんが言った。

「本当は、自分でもわかんなかったの」

声ははっきりしていたけれど、少し震えていた。

「ガラス職人でいることは、父さんの言いなりになった感じがしてた。反抗したくてもできない自分に、負けたみたいだった。でも、本当はどうなんだろう。わかんないよ」

訥々と呟く彼女に、私はそっと、声をかけた。

「ゆっくり考えてください。お父さんだって、岬さんを追い出そうとしてるんじゃないんですから。考える時間は、たくさんありますよ」

＊　＊　＊

あれから一週間。店には青嶋さんがやってきていた。

「ほー、このペンダント、詩乃ちゃんが作ったんだ。すげえ、どうやって編んでるんだか全然わからん」

「慣れるまではなかなか大変でした。でもその作業、嫌というほど繰り返した経験がありまして……」

店の一角、アクセサリーの置き場に、石を網で包んだペンダントが並んでいる。先日作ったフローライトのペンダントがおばあちゃんに気に入られ、商品として作ってほしいと頼まれたのだ。店には今、ターコイズや水晶などの石で作ったペンダントが五つほど増えている。工房には作りかけのペンダントもあるし、これからまだ増やしていく予定だ。

青嶋さんがしみじみ言った。

「詩乃ちゃん、成長したねえ。最初の頃は自分で雑貨作るのは無理！　なんて言ってたのに。感慨深いな」

「い、いや、これはおばあちゃんに言われたからですよ。やっぱり、私が作ったものなんて未熟で、おばあちゃんの雑貨と並ぶとかっこ悪いです」

恐縮して縮こまる私に、青嶋さんはいたずらっぽく首を傾げた。

「とか言いつつ、首輪も売ってるじゃん？」

「それは……」

言われてみれば、自分の作った雑貨をお店に並べることに、抵抗がなくなってきている。

「変わったんですかね、私も。無意識のうちに、作ることが当たり前になってきたんです」

この店で店番を始めた頃は、雑貨はおばあちゃんが作るものであって、自分が作るとは思ってもみなかった。それが今は、作ろうと思い立ったら作るし、おばあちゃんに促されれば店にも並べている。人間、環境で変わるものだ。

私がフローライトのペンダントを贈った、あの人の姿を思い出す。彼女もまた、日々の中でいろんなものを吸収して、変化している。きっと、今日も。

ギイッと、店の扉が軋んだ音を立てた。

「詩乃ちゃん！　聞いてよ、おやつに食べようと思って取っておいたお菓子、いつの間にか父さんに全部食べられてた！　せめてひとつくらい残しておけっての！」

さらさらのボブカット、胸元で輝く緑色の石。入ってきたのは、ご立腹の岬さんである。青嶋さんが振り向く。

「どうどう。またお父さんと喧嘩したのか」

「だってそのお菓子、期間限定のなのよ？　急いでコンビニ行ったけど、もう完売だった」

「それはキレるわ」

怒る岬さんと笑いながらも共感する青嶋さんを、私は微笑ましく眺めていた。岬さんの頬の横には、きらきらと舞う蝶がいる。透き通ったミントグリーンが美しい。

岬さんは結局、今もこの町にいる。いろいろ考えた結果、ガラス職人でいる道を選んだのだ。

ペンダントを渡した翌日、彼女からメールが来た。

「この仕事を継いだのは、やっぱり、父さんの言いなりだった。それは事実」

そう書かれていたあとに、こう続く。

「でも、この仕事をしていく中で、いつの間にかガラスの仕事が大好きになってたの。嫌だったはずなのに、もう私はとっくに、生粋のガラス職人に変わっちゃったみたい」

やっぱり、辞めるのやめる。彼女がお父さんにそう言ったら、お父さんは「勝手にしろ」と言ったらしい。だから彼女は、勝手にしている。勝手に、ガラス職人でい続ける道を選んだ。ガラスを前にした岬さんの、あの凜とした目が忘れられない私にとっては、彼女がここにいてくれることにほっとしている。

　これは私の想像だが、岬さんはお父さんとよく喧嘩をするが、こう見えて親子関係はすごくよいのではないだろうか。

　彼女は世話好きで、私や入江さんに対しても、お姉ちゃんみたいにリードしてくれる。岬さんのお父さんは、彼女に干渉しすぎたと反省していたが、そのお節介が岬さんにとって迷惑だったら、岬さんも反面教師で、世話焼きな性格にはならなかっただろう。彼から受けるお節介を愛情だと感じていたから、岬さん自身も、空回ってしまうほどの世話焼きなのではないか。

　というのはあくまで私の目にはそう見えただけに過ぎないが、少なくとも親子仲はいい。しょっちゅう喧嘩するということはそれだけ気負わない距離であり、喧嘩しても離れないのはその都度仲直りしているからなのだ。仲が悪いわけがない。

「今日という今日はもう怒った。父さんが同じお菓子調達してくるまで帰ってやらない」

　冗談っぽく言う岬さんの胸元では、グリーンフローライトが静かに煌めいていた。

Episode 6　ターコイズの瞳

「最近オープンしたばかりなんですって。すごく素敵だから、詩乃ちゃんに見せたかったのよ」

おばあちゃんに連れてこられたのは、『ゆうつづ堂』から一キロくらい離れたところにある小さなギャラリーカフェだった。ギャラリーカフェとは、その名のとおりカフェスペースにギャラリーが併設された店で、お茶を飲みながら芸術も楽しめる場所である。

おばあちゃんが見つけたその店は、日本家屋をリノベーションした、趣のある佇まいをしていた。

店に入るとすぐ、私はその光景に感嘆した。

「わあ！　きれい」

木目柄の壁に並んだ壮大な日本画、天井から下がるちりめん細工のつるし飾り、席同士を仕切る背の低い棚や窓際に並ぶ、生け花や人形。和風で統一された様々な分野の芸術品が、店の中を彩っている。

この店『あーと喫茶・しあん』は、店主が趣味で集めた和の芸術品を展示しているカフェである。歴史的価値がある骨董品というのではなく、技術を受け継いでいる現代の作家さんの作品を飾っているのだという。テーブルを囲う作品の数々は、芸術に疎い私が見ても圧巻の美しさだった。

　口を半開きにして見入っていると、後ろから声をかけられた。

「いらっしゃい。あら、叶子さん！」

　振り向くと、おばあちゃんと同じくらいの歳と思しき女性がいる。

「こんにちは。このかたがお孫さん？」

　ふんわりした白髪の、穏やかそうなおばあさんだ。くすんだ空色のゆったりしたワンピースに、生成りのエプロンをかけている。おばあちゃんが彼女に会釈した。

「ええそうよ。詩乃っていうの」

　それからおばあちゃんは、私にも目線を投げた。

「紹介するわね。この人は沖野《おきの》芳江《よしえ》さん。この前、公園で知り合って仲良くなったの。ここのカフェスペースで、お茶とケーキを出してくれる人よ」

「初めまして」

　私もお辞儀をする。芳江さんは優しく微笑んで、店の奥を手で指し示した。

「初めまして。お店の中はカフェでありギャラリーでもあるから、お茶を待つ間にでも見て行って」

「はい！」

見ごたえ抜群のギャラリーは、何時間でもいられそうだ。私は芳江さんに紅茶とケーキを注文して、おばあちゃんとともに店の中を回りはじめた。

店内には、私たち以外の客はいなかった。大きく宣伝もしていないから、あまり知られていないのだろう。言ってみれば、知る人ぞ知るといった感じだ。

色鮮やかな日本画や、細やかなちりめん細工、かわいらしい木彫りの人形など、次々と目を奪われる。ハンドメイド好きのおばあちゃんも、もちろん夢中になっていた。私ははあと、ため息交じりに感嘆する。

「こんなにたくさんの芸術品を集めてるなんて、すごいなあ。何年かかったんだろう」

「そうねえ、少なくとも十年以上かな」

私のひとりごとに、お茶の支度をしている沖野さんが返事をした。私は彼女の方を振り向く。彼女は手元からほこほこと湯気を立てて、のんびり話した。

「詳しくはわからないの。これを集めたのは、私じゃなくて夫だから」

「そうだったんですね」

「ええ。夫のコレクションが誰にも見られないで家の中にあるのがもったいなかったから、私の趣味でもあるお茶とケーキと組み合わせて、こういうお店にしてみたのよ」

芳江さんは顔を上げ、はにかんだ。

「だから実は私、芸術のことなんにもわかってないの。夫はうるさいくらいなんだけれどね」

お互いの好きなもの同士を組み合わせて、こういう店という形でお客さんをもてなす。素敵なご夫婦だ。

と、そこでおばあちゃんが声を上げた。

「あら！　これ、かわいい」

私はおばあちゃんの声に誘われて、彼女の視線を追った。先にあったのは、窓辺に置かれた白い猫の人形たちである。手のひらに乗るくらいの大きさの石膏《せっこう》でできた猫の人形で、様々な和服を着たものが十匹くらいいる。

「前に来たときは気がつかなかったわ。うちのフクに似てるわね。フクにしてはスマートすぎるかしら」

おばあちゃんがくすっと笑う。私は今日は家に置いてきたイヤーカフを思い浮かべ、改めて人形を観察した。

人形自体は石膏製だが、着ている服は布である。それぞれの猫が踊っていたり本を読んでいたり、自由なポーズをとっている。表情もいきいきしていて、まるでこの棚の中で本当に生きて生活しているみたいだ。

芳江さんが、お盆にお茶とケーキを載せてやってきた。

「その猫、夫が作ったのよ」

「え！　集めるだけじゃなく、ご自身でも作っていたの？」

おばあちゃんが言うと、芳江さんは懐かしそうに頷いた。

「ええ、彼はもともと、雛《ひな》人形の職人だったの。これはその当時の作品。今はもう引退して、人形作りはやめて集める方に専念してる」

「そうなのね。それにしてもこの猫、すごくかわいい。気に入っちゃった」

おばあちゃんは芳江さんの案内でテーブルについても、しばらく猫の人形の方に顔を向けていた。

「ここにあるもの、売り物じゃないのよね？」

「そうねえ、残念ながらお売りすることはできないわ」

芳江さんが答える。おばあちゃんはそう、と残念そうに受け止め、紅茶を啜った。

「欲しかったんだけどなあ……。でも作家であるご主人ももう人形作りは引退してらっしゃるし、依頼しても作っていただけないわよね」

おばあちゃんがあの猫の人形をこんなに気に入っているのに、手に入れる手段はない。なんとかしてあげたくなったが、職人がもう作っていないうえに現存するものは売り物でないならお手上げだ。

おばあちゃんはケーキをもそりと口に運んでから、話題を切り替えた。

「そうだわ詩乃ちゃん、このあと買い物に付き合ってくれる？　もうすぐイタリア旅行だから、準備しておかないと！」

「ああ！　イタリア旅行、行くんだったね」

結構前に聞いた計画だったので、半分忘れかけていた。

「いいよ、必要なもの買っておこう」

「楽しみだわ。詩乃ちゃんはお留守番、よろしくね」

おばあちゃんはのほほんと笑って、またちらりと猫の人形に目をやった。そのあともお茶を飲みながら何度か猫を見て、帰り際にもじっくりと、名残惜しそうに猫を眺めていた。

＊　＊　＊

置く。

「……で、作ろうってか」

数日後。工房にいる私に、フクが呆れ顔で言った。私は腕に抱えた材料を、作業台に置く。

「うん！　だっておばあちゃんがあんなに欲しがってるの、初めて見たもん」

おばあちゃんは今日の朝、空港で見送った。ユウくんと町でできたお友達と一緒に、イタリアへ飛んだのだ。残された私の作戦はこうだ。おばあちゃんがイタリアから帰ってきたら、欲しがっていたあの猫の人形が家でお出迎え。正確には本物ではないが、私がそっくりなものを作ってプレゼントするのだ。

「私、おばあちゃんから恩を貰ってばっかりだからさ。たまにはおばあちゃんが欲しがってるものを贈って恩返ししたいの」

人形ひとつで返しきれるほどの恩ではないが、たまには日頃の感謝を形にしてみたいのだ。

フクが耳をぺちゃんこに下げる。

「ないから作るっていう発想は悪くねえけど、無謀すぎねえか。石膏の人形なんて、素人が見様見真似《みようみまね》で作れるものじゃないだろ」

「わかってるよ。石膏の人形って、型から作るんでしょ？」

私はフクの目の前に、石粉《せきふん》粘土を突き出した。

「型からは難しいかもしれないけど、石膏みたいな粘土ならできるかもしれない」

石粉粘土とは、粉状に砕いた石を原料にした粘土である。紙粘土と同じように自由に造形することができ、乾くと石膏のような質感に仕上がる。紙粘土より硬くて丈夫なので、ハンドメイド界隈では人気なアイテムだ。

「紙粘土だったら、小学生の頃に図工の授業で人形を作った経験あるよ。先生から配られた粘土、私のだけパッケージに孔が開いてて開封前から乾いてた」

またひとつささやかな不運を思い出したところで、買ってきた石粉粘土を開ける。これは乾いてはおらず、しっとりと軟らかかった。

触った感じ、若干粉っぽいだけで紙粘土とさほど違いを感じない。これなら扱いやすそうだ。感触を確かめているうちに、粘土が私の体温で固まってきた。指の触れるところから徐々に、ぱらぱらと消しカスみたいな粉を零しはじめる。私は慌てて、手のひらで素早く粘土を丸めた。

「それでね。着せる服に、パワーストーンをつけるんだ。なんの石にするかは、まだ考え中」

「はあ、人形だけでも相当大変そうなのに、服も作んのか」

フクがより険しい顔になる。私の技術力を信頼していないのである。

手のひらにすっぽり収まるくらいの楕円の玉を作り、それを作業台に置いた粘土板の上に置いておく。続いて親指の先から第一関節くらいの大きさで粘土をちぎり、それを三角錐にする。同じものをもうひとつ作って、先に作っておいた楕円の玉に水を塗って、三角錐を並べて貼り付ける。これだけで、猫の頭のシルエットができた。

細かい造形はあとでやすりをかけて整えることにして、次は猫の体を作る。ギャラリーカフェで見た人形を頭の中に浮かべてみる。印象的だった、踊る猫のポーズを再現してみることにした。まずは踊るように腰を曲げた胴体を作り、高く掲げた手、ステップを踏む足と、順番にパーツを成形していく。フクが不安げに見ている。私は胴体に手足と尻尾をくっつけて、試しに立たせてみた。だがまだ乾ききっていなかったせいか、足が胴の重さに耐えられず、一瞬で倒れてしまった。足は重さで潰れてしまい、作り直しになった。潰れてしまう程度にはまだ軟らかいのに、表面は固まっていて、練り直すには硬すぎる。仕方ないから先に作った足は諦めて、新しい粘土をちぎって、新たに作り直した。

足を作りながらふとフクの視線を追うと、先に作ってあった頭から耳が取れていた。

「あれ？　いつの間に！」

「ちゃんとくっついてなかったみたいだな。重さでぽろっと取れてたぞ」

「フク、気づいてたんなら教えてよ」

足を作ってから、耳を付け直す、一度つけたものが取れたせいで、痕が残って汚くなってしまった。改めて足を胴につけようとしたら、今度は足が小さすぎたことに気づいた。これではまた作り直しではないか。

そうこうしているうちに、尻尾が完全に乾いた。だがこちらは細すぎて、ちょっと押したらぽきっと折れてしまった。

それと同時に、私の心もぽっきりいきそうだった。

「これ、想像以上に難しいかも……」

弱音を吐いた私を見上げ、フクが呆れ顔をした。

＊　＊　＊

その日私は、『あーと喫茶・しあん』を訪れていた。今日も芳江さんが私を出迎えてくれる。

「いらっしゃい。今日はお孫さんひとりなのね」

「はい。おばあちゃんは旅行中なんです」

今日はおばあちゃんは一緒ではないが、フクは連れてきた。イヤーカフをした左耳の横、肩の上にいる。

店内には、今日は私以外にももうひとり、お茶を飲んでいるおじいさんがいた。私は席に着く前に、おばあちゃんが気に入っていたあの猫の人形を見に行った。やはり人形は滑らかにポーズを取って立っており、今にも動きだしそうだった。

それに対し、私の石粉粘土の猫は散々だった。パーツの状態でばらばらに乾かしていても自重で歪んでいつの間にか形が変わっていたり、くっつけたパーツがすぐに取れたりと、とにかく手がかかる。なんとか形を保って全部のパーツを乾かし、丁寧に接着したが、今度はバランスを保てずべちゃっと倒れた。そのときにまた尻尾が折れた。

展示されている猫はこんなにいきいきしているのに、同じようにできない。

ため息をつく私のそばへ、芳江さんがやってきた。

「その猫、そんなに気に入った？」

「はい、おばあちゃんがとても。だから私が、似たものを作ってプレゼントしようと思ったんです」

「あら！　すごい、器用なのね」

芳江さんが口元を手で覆う。私は早口で付け足した。

「もちろん、石膏でお人形を作るのは難しいので、石粉粘土で作ろうとしたんです。でも、同じようには作れなくって……」

「当たり前だ」

そう言ったのは、離れた席でお茶を飲んでいた、おじいさんだった。私と芳江さんが振り向くと、彼はこちらを見もせず、低い声で吐き捨てた。

「人形作りは、技術を積んだ職人の技だ。外側だけ見て真似ようとしたところで、同じものを作れるわけがないだろう」

つんつんした白髪頭で、眼鏡の奥の目はどこか鋭い。骨ばったごつごつした手が、湯飲みを傾ける。なんだか気難しそうな人だ。芳江さんが肩を竦める。

「辰彦《たつひこ》さん！　そんな言いかたないでしょ？」

「その人形は俺にとっちゃ我が子のようなもの。それを簡単に真似ようとするからだ」

冷たい声がぐさっと、私の胸に突き刺さる。絶句する私に、芳江さんが慌てて声をかけた。

「ごめんなさいね、あの人がこの猫を作った本人なの」

ということは、あのおじいさんが芳江さんの夫で、この店の芸術品を収集した人なのか。

少し、意外だった。奥さんである芳江さんはおっとりした人だったのと、猫の人形のほっこりした作風から、旦那さんものほほんとした人を想像していた。そのギャップもあって、余計に衝撃を受けた。

そして、彼の言葉に気づかされた。私がしたことは、職人の仕事に対する侮辱だったのか。

「あの……すみません」

私は震える声で謝罪した。

「この猫の人形を見て、祖母がとても気に入って、どうしてもプレゼントしてあげたくて……」

「なんの修業も積んでいない素人が。簡単にできると思うな」

本当だ。そのとおりだ。

「……すみません」

もう、それしか言えなかった。おじいさんはこちらに目を合わせようともしない。芳江さんは困っているし、空気がみるみる悪くなる。私はぺこっと頭を下げて、逃げるように店を出た。

帰り道は、頭ががんがんしてどうやって帰ってきたか記憶がない。気づいたら私は工房に戻ってきていた。作りかけの猫が、ばらばらの状態で寝そべっている。私はスツールまで辿りつく前に、くたっと膝を折った。

「なにやってんだろ……」

おばあちゃんに喜んでほしかった、それだけだった。でも私があの猫を模倣したら、それは単なる横取りだ。作品は、作った人にとっては我が子のようなものだ。その大切な子供を他人に取られたら、いい気はしない。それも、熟練の技を持った職人の作ったものを簡略化してコピーしようなど、あまりにも敬意が足りない。考えれば、いや、考えなくてもわかることだった。

おばあちゃんが私の作ったものを褒めてくれて、青嶋さんや岬さんも喜んでくれる。そういう人に囲まれて、私は傲慢になっていたのかもしれない。

「でも、じゃあどうしたらいいんだろう。もうあの猫、諦めるしかないのかな」

膝を抱いて呟くと、フクの声が降ってきた。

「他人の作ったものをパクッてもいい、稀有《けう》な例を教えてやろうか」

頭に乗っているフクが、私のおでこに垂れてくる。

「免許皆伝。作った本家様に弟子入りする。そして正式に受け継ぐんだ」

「あの怖そうな人に弟子入り？　まず弟子に取ってもらえる気がしない」

思わず顔を上げると、フクがころんと落ちてきて私の膝に着地した。

「けど、そうでもしないと職人技っつうもんは真似できないぞ」

「そうだけど……」

「弟子入りできなかったとしても、もう一回話した方がいい。そんで、弟子入りしたいくらいあの人形を作りたいんだって気持ちも伝えるんだよ。じゃないとあのじいさんに嫌われたまんまだぞ」

たしかに、もう一度よく話したい。せめて彼に不快な思いをさせてしまったことは、改めて謝りたい。私は額を抓り、作業台に放置した人形を一瞥した。

＊　＊　＊

その日の午後、私はまた、『あーと喫茶・しあん』を訪れた。

「あら、詩乃ちゃん！　よかった。また来てくれたわね」

芳江さんがほっとした顔で迎えてくれる。

「さっきはうちのが酷い態度をとってごめんなさいね、もう来てくれなくなっちゃうんじゃないかって、不安だったのよ」

「いえ、私の方が悪かったので……辰彦さん、いらっしゃいますか？」

私からその名前を出すと、芳江さんは驚いて言葉を詰まらせた。そして彼女が返す前に、店の奥からあの険しい声がした。

「俺がなんだ」

調理場の方からゆっくり現れた彼を見るなり、私の体はびくっと強ばった。自分から会いに来たくせに、目の前にすると怯《ひる》んでしまう。フクがぴとっとうなじに寄り添ってくる。フクも怯えているのか、私を安心させようとしたのかはわからないが、フクの体温を感じたら、少しだけ勇気が出た。大きく息を吸って、思い切り頭を下げる。

「さっきは大変失礼しました！」

大声を出すと、静謐《せいひつ》な室内の空気がびりびりっと痺れた気がした。芳江さんも辰彦さんも、肩から落ちそうになったフクも、びっくりしている。私は辰彦さんの方へと歩み寄った。

「謝りに来ました。私は考えが甘かったです。それに気づかせてくれて、ありがとうございました！」

「は、はあ？」

辰彦さんが困惑気味に唸る。私はそれでも続けた。

「でもやっぱりあの猫が欲しいんです！　弟子にしてください。作りかたを教えてください。作ってはいけないなら、どれかひとつでもいいので売っていただけませんか？」

「芳江。この生意気な小娘をつまみ出せ」

辰彦さんは、低く怖い声で言った。芳江さんが青い顔をする。

「お客さんになんてこと言うの！」

「うるさい」

「あなたの作品を褒めてくれてるのよ。どうしてそんなきつい言いかたするの」

「うるさい！」

辰彦さんは聞く耳を持たない。やがて芳江さんの方が折れた。

「ごめんなさいね、詩乃ちゃん。あの人、頑固だから、こうなっちゃうともう全然話を聞かないの。せっかく来てくれたのに、嫌な気分にさせてばかりで申し訳ないわね」

「こっちこそすみません」

私は芳江さんにしっかり頭を下げて、改めて言った。

「また来ます。あの猫を手に入れるまで来ます」

私たちの会話を聞いて、辰彦さんが舌打ちをした。

「早く出て行け」

半ば追い出されるようにして、私は『あーと喫茶・しあん』を後にした。店の外に出てから、がっくりうなだれる。

「やっぱ怒ってる……」

店の中では怖気《おじけ》づかずに精一杯の気持ちを伝えたつもりだが、内心、怖かった。謝ったところで許してもらえなければ、あの猫は遠のいていくばかりである。フクが肩から手首に下りてきた。

「ばあちゃんの方は優しくしてくれんだ、よかったじゃねえか」

こういうとき、フクはポジティブだ。私はよし、と気合いを入れ直した。

＊　＊　＊

翌日、おばあちゃんは旅行三日目である。私は夕方店を閉めたあと、『あーと喫茶・しあん』を訪れていた。

「あら詩乃ちゃん、いらっしゃい」

迎えてくれた芳江さんは、ちょっと、どことなくほっとしているような面持ちだった。

私は鞄の肩紐を肩に引き寄せて、一礼した。

「こんにちは。今日は辰彦さんは？」

「今日は昼から出かけてるわ」

芳江さんがほっとしていたのはそれでだったようだ。私と辰彦さんが顔を合わせなければ、揉め事が起こらずに済む。

店の中は、私以外にもひとりお客さんがいたが、私と入れ替わりになって退店していった。ふたりになった空間の中、私は芳江さんに向き直る。

「芳江さん、昨日はご迷惑をおかけしました。お店の中で騒いで、辰彦さんも怒らせちゃって……」

夫婦である芳江さんからしたら、夫の機嫌が悪ければ苦労しただろう。しかし芳江さんは、優しく首を横に振った。

「とんでもない。あなたはただ猫を褒めてくれただけなのに、あの気難し屋が暴言浴びせて、申し訳なかったわ」

彼女は私を、カウンター席へと案内してくれた。すぐそこに、お茶を淹れる彼女の姿が見える。紅茶の香りがふんわりと漂ってきた。

「あの人もね、本当は作品を褒めてもらえて嬉しいはずなのよ」

芳江さんの柔らかな声が、紅茶の香りとともに私を包む。

「でも初対面であんな態度を取ってしまった以上、うまく話せないだけ。そういう面倒くさい人なの」

「そうでしょうか……」

芳江さんがこう言ってくれるのは、安心する。

「私、あの猫の人形が欲しいです。どうしたらいいんでしょうか」

「そうねえ、私にもわからないわ。猫人形は世界にひとつだけの作品で、手放す気はないみたい。どれかひとつくらい譲ってもいいんじゃないかと思うけど、あれは十体でひとつの作品だそうで、ひとつも欠けちゃいけないんだって」

芳江さんの手が伸びてきて、私の前に紅茶を置いた。

「やっぱり、詩乃ちゃんが似たものを作ってもいいんじゃないかしら」

「でも、それは辰彦さんが嫌がってることですよね？」

「バレなければいいんじゃない？」

芳江さんがいたずらっぽく笑う。私は苦笑いし、鞄に手を入れた。

「実は今日、途中まで作ったものを持ってきたんです」

鞄から出すのは、工房に放置していた作りかけの猫のパーツである。作りかたを教えてもらうための辰彦さんとの交渉で使えるかもしれないと考えて、持ってきたものだ。

芳江さんが目を見開く。

「かわいいじゃない！　よくできてるわ」

「ありがとうございます。でもこれ、うまく立たなかったんです」

辰彦さん作の猫は、自由なポーズを取っていても倒れない。私が作ったものは、同じポーズのはずなのに立たない。重心が違うのだろう。

「立たせることに集中してバランス取りながら設計すると、今度は躍動感がなくなっちゃうんです。粘土で真似できると思っちゃったけど、実際に作ってみると想像より遥《はる》かに難しい。辰彦さんの猫は職人技だなあとつくづく実感します」

「うーん、私からなにかアドバイスができたらよかったんだけど、あいにく私は、彼がモノ作りしてるところを近くで見たことがないのよ。猫の人形の構造もさっぱり……」

と、話していたところへ、店の扉が開いた。入ってきたのは、外出から帰ってきた辰彦さんだ。私を見つけるなり、彼の険しい顔が一層険しくなる。

「お前、また来たのか」

「お邪魔してます」

縮こまる私の手元に目をやり、辰彦さんが粘土の猫に気づく。

「なんだ、それは。あれだけ言ったのに作ったのか」

「すみません、これは……」

しかしなにを言っても言い訳がましくなってしまう。辰彦さんは、もちろん聞いてくれない。カウンターに散らばった猫の腕を摘まみ、ぎろりと私を睨んだ。

「こんなぎっしりした重い粘土で立つわけがないだろう。なにもわからん素人が。出て行け！」

これまでにないくらい強い語気を飛ばされる。私はびくっと肩を竦め、広げていた猫のパーツを鞄に押し込んだ。動揺で手元が狂ってうまく集められない。芳江さんが困り果てた声を出す。

「辰彦さん！　いい加減にして。あるものを譲る気もなくて、他人に似たような作品を作られるのも嫌だと言うなら、どうしたら納得するのよ！」

「うるさい！　俺の作品だ！」

このままでは私のせいで夫婦が喧嘩してしまう。お茶代を置いて立ち去ろうとする私に、芳江さんが叫ぶ。

「詩乃ちゃんごめんね！　またいらして！」

帰り道はなんだか、覚悟していた以上に胸がいっぱいになった。正直もう心が折れそうだ。もう猫は諦めようか。あの店に行くのは、これで最後にしようか。

そう思った矢先、鞄の中を見て唖然とした。

「あ、腕が足りない」

粘土製猫のパーツをひとつ、店の中に忘れてしまったようだ。回収しに行かなければならない。

＊　＊　＊

翌日夕方、その日は閉店間際まで青嶋さんがいた。

「あれ、詩乃ちゃんなんか浮かない顔してるね」

「そうですか？」

「うん。なんか億劫なことでもあるの？」

この人は変なところで勘がいい。私は素直に、『あーと喫茶・しあん』での出来事を話そうとした。

「最近オープンしたギャラリーカフェ、ご存知ですか？」

「あー知ってる知ってる！　あのほわーんとした奥さんと職人気質《かたぎ》の怖《こわ》えじいさんのご

夫婦の店でしょ。取引先が近いから、時間潰したいときに寄ってる」

青嶋さんも行ったみたいだ。彼は私の事情を聞くより先に、勢いで喋りだした。

「あそこのご夫婦、猫好きで有名でさ。ちょっと前まで、夫婦で猫連れてあの近辺を散歩してたのよく見かけたんだよ。でもここんとこめっきり見なくなったなと思ったらあの店がオープンしてね。『喫茶』の文字見た途端『猫カフェかな？』と思ったんだけど全然趣が違ったわ、ははは」

軽快によく喋るので、聞いていて心地いい。私はカウンターに腕を乗せて、相槌《あいづち》を打った。

「沖野さんご夫婦、猫好きだったんですか」

「そうなんだよ、ほっそりした白い猫を飼ってた。目がすごくきれいな明るい青でさ、印象的だったな」

それを聞いて、私の頭の中にあの猫の人形が思い浮かんだ。

「細くて白い猫……まさか、あの猫って」

「あ！　やっべ、会議が始まっちゃう。この会議はさすがにサボれないんだよなあ」

青嶋さんが腕時計を見て飛び跳ねた。

「あれ!?　俺、詩乃ちゃんが浮かない顔してる理由聞いたはずだったんだけどなんか俺が一方的に喋った？　すまん、また今度聞く！」

早口に言って、青嶋さんは慌しく店を出て行った。面白い人だ。

それにしても、どうも猫の話が引っかかる。私は店を少し早めに閉めて、一旦、工房に入った。そして引き出しから石を手に取り、今日も『あーと喫茶・しあん』へと向かった。


数分後『あーと喫茶・しあん』に着くと、芳江さんから私が昨日置き忘れた猫の腕を返してもらった。ちらっと店内を見渡すと、他にお客さんはひとりと、隅っこの席に辰彦さんがいた。辰彦さんは私を見るなり不快そうに眉を寄せたが、他のお客さんがいる手前か、私を追い返そうとはしなかった。

私はカウンター席に着き、芳江さんに話しかけた。

「このお店の名前、『しあん』って、きれいな名前ですよね」

「ありがとう。気に入ってるのよ」

芳江さんが微笑む。

シアンというのは、少し緑がかった明るい空色のことである。眩しいくらいのブルーで、見ていて晴れやかな気分になる色だ。

「芳江さん、猫がお好きなんだそうですね。白い毛の、青い目の猫を飼っていらっしゃったと聞きました」

「あら、よく一緒に散歩してたからかしらね、近隣の人に覚えられてて恥ずかしいわ」

芳江さんが言うと、視線を感じた。辰彦さんがこちらを睨んでいる。でもなにも言っては来ない。私は、再び芳江さんに向き直った。

「『しあん』って名前は、もしかして猫ちゃんの目の色からつけたんですか？」

するとと芳江さんは、一秒程度、声を呑んだ。それからふんわりと笑いかける。

「ご名答。あの子の瞳を忘れないように、そしてずっと見ていてくれるように。そういう想いを込めて、『しあん』よ」

この言いかた。たぶん、ご夫婦の猫はもういない。

「猫の人形も、モデルはその猫ちゃんですか？」

「そうよ。あの子が天国でも楽しそうにいきいき暮らしていてほしいから、幸せそうに生活してる人形をね」

芳江さんは紅茶を淹れて、窓の向こうの暗くなった空を見上げた。

「あの子がいなくなってから、辰彦さん、すっかり塞ぎ込んでしまってね。人形作りをする気力もなくなってしまって、あの猫人形を最後にして、それっきり……」

「芳江」

芳江さんが話しているところへ、ついに辰彦さんが口を挟んだ。椅子を立って、こちらに歩いてくる。

「そんな話をする必要がどこにある。やめなさい」

「いいじゃない。恥ずかしい話でもないんだし」

芳江さんがあっけらかんとして言い返す。このままではまた追い返されてしまう。私は鞄に手を突っ込み、工房から持ってきた石を引っ張り出した。

「あの、これ！」

私の手に載っているのは、不透明で鮮やかな、目が覚めるような青色のタンブルだ。それを目にした辰彦さんが、ぴたっと動きを止めた。芳江さんが目を輝かせる。

「まあ！　きれいな色の石ね」

「ターコイズっていう石です。このお店の名前のシアンと似た色の石なので、見てほしくて持ってきました」

ターコイズは、トルコ石ともいわれる十二月の誕生石だ。古代の遺跡からも発掘されている、古くから愛される鉱物のひとつである。芳江さんが、ターコイズのタンブルを私の手から拾った。

「あの子の目の色にそっくり」

「私、猫の人形を作ろうとしたとき、人形に着せる服にきれいな石をつけるつもりだったんです。なんの石をつけるかは決めていなかったんですが、このお店の名前が『しあん』だから、シアンに近い色の石がいいなと考えました」

そしてご夫婦の猫の話を知って、気持ちが強くなった。

「ターコイズは、太古の昔から人間と共存してきた石です。昔からずっと人間の文化とともにあった。それって、このお店の伝統工芸に似ていませんか」

時代とともに姿を変えつつも、人の心に寄り添い続け、時代を鮮やかに彩ってきた。新しい世代に受け継がれても、これからも愛され続ける。

「猫の人形はもう諦めます。でも、よかったらこの石を受け取ってください。お店にある猫の人形のそばに飾ってもらえたら嬉しいです」

「そう？　猫の服につけたいのだけど……辰彦さん、これなんとか、縫い付けられない？」

芳江さんがターコイズを辰彦さんに向けた。辰彦さんは決まり悪そうに腰を引く。

「……できないことはないが、今更作品に手を加えろというのか」

「だめなの？　そう……あの子の目の色によく似てるから、絶対に素敵だと思うんだけど……」

芳江さんが目を伏せる。

もう、これで最後にする。私はターコイズを芳江さんに預け、大きく頭を下げた。

「ご無礼をはたらき大変失礼しました。それじゃあ、これで」

もう、この店を訪れることはないだろう。これ以上、辰彦さんに不愉快な思いをさせられない。店を出て行こうとした私の背中を、低い声が呼び止めた。

「おい」

振り向くと。辰彦さんがこちらを睨んでいた。

「この石、ひとつしかないじゃないか」

「は、はい」

「猫は十匹いるんだ。足りない」

ぶっきらぼうな言いかただったが、それは私の胸をぶわっと熱くさせた。

「も……持ってきます！」

持ってきてもいいのだと、許されたのだ。私は今までになく早足で、店を転がり出た。

工房に戻ってターコイズを取ってきて、再び『あーと喫茶・しあん』へと駆け込む。

お客さんのいなくなった店内では、テーブルに猫の人形を並べる辰彦さんがいた。私はそのテーブルに駆け寄り、持ってきたターコイズを差し出す。

「大きさや形が違うものも持ってきました。糸を通す穴の開いてる位置が違うのも、あと色が微妙に違うのもあります」

勢い余って工房にあったターコイズのルースを全部持ってきてしまった。ルースというのは、パワーストーンをカットして形を整えたもののことである。丸や雫形《しずくがた》、キューブ状など、様々なものを用意した。

芳江さんがお茶を持ってやってくる。彼女は私が持ってきた石を手に取り、色を見比べた。

「この色、朝の眩しい中で見るあの子の目の色に似てるわ。こっちは夜に暗いところで見たとき色にそっくり！」

そして声を潤ませて、辰彦さんに微笑む。

「思い出すわね。あの子がいた、朝から晩まで」

「……こっちに渡せ。人形の服につけるんだろう」

辰彦さんが冷ややかに言うと、芳江さんは満足げににんまりして、石を彼の手の中に置いた。私はテーブルを挟んで、辰彦さんと向かい合う椅子に腰掛けた。並んでいる猫の人形をまじまじと眺める。棚に入っていたときとは違った角度から、間近で観察できる。

「石、つけてくれるんですね」

「勘違いするな。お前の案を採用したわけじゃない。芳江がどうしてもと言って聞かないからだ」

芳江さんは「どうしても」とは言っていない気がするが、私は余計なことは言わなかった。

「この人形、見れば見るほど素敵ですね。擬人化されてて人間っぽい体勢なのに、骨格も筋肉のつきかたも、ちゃんと猫。猫の体の形をちゃんの理解してるからこその再現度ですね」

「当たり前だ。何年一緒にいたと思ってる」

辰彦さんが無愛想な返事をする。私はテーブルの上で腕を組んだ。

「骨格を熟知してるから、どんな体勢の作品にしてもバランスが取れるんですか？」

「そういうものでもない。実際の動物の部位ごとの重さと人形のパーツの重さは違う」

辰彦さんは人形の服の帯にターコイズを縫いつけながら喋る。私はその作業を向かいから見ていた。

「そっか。全部粘土でぎっしりだったらバランス取れなくて当然だったんですね。中をくりぬいたらもう少し軽くなったし、乾くのも早くなったのかな」

「あとは、中に軸になる棒を入れる。生き物にも骨がある」

言ってから、辰彦さんがぎろっと私を睨んだ。

「お前に説明する義理はないが？」

自分から説明したくせに、辰彦さんが不機嫌顔を深める。私は人形の顔を覗き込んだ。

「聞けば聞くほど、私には難しいなあと痛感するばかりですよ。無茶しようとしたなあ、バカだったなあと。でも、それと同時に作ってみたくなります」

それから私は、おもむろに言った。

「私のところにも、猫がいるんです。この人形たちほどスタイルよくないですけど、白いのは同じです」

実は今も鞄の中に、ずんぐり体型の猫が隠れている。

「全体的に大福みたいな奴で、足が短くて、尻尾もタヌキみたいにぽってりした猫です」

「ほう」

辰彦さんが低く相槌を打つ。私はぽんと、鞄を撫でた。

「うちのおばあちゃんがこの人形に惹かれたのも、その子を彷彿《ほうふつ》させたからなんです」

「ふうん」

「猫、かわいいですよね」

「……ふん」

辰彦さんは、それには返事をしてくれなかった。

彼の手の中で、ターコイズが艶を放つ。カウンターでは、芳江さんがにこにこしながら眺めている。踊る猫の帯に、雫形のターコイズが等間隔に並んだ。しゃらしゃらと揺れるそれは、猫の踊り子の舞いに一層躍動感を与えた。

「わ、かわいい……！」

そのとき、人形の周りがふわっと優しい光に包まれた。淡いブルーの輪郭が煌めき、緩やかに形を成していく。細い足で飛び跳ねたのは、ほんのり青く光る白っぽい猫の精霊だった。辰彦さんを見つめる瞳は、大空のように青い。

見た途端、涙が出そうになった。咄嗟に口元を押さえた私に、辰彦さんが怪訝な顔をする。

「……どうした？」

人形を支える彼の手の甲に、猫の精霊が擦り寄る。私は、奥歯を噛んで涙を堪えた。

＊　＊　＊

翌日の夜、おばあちゃんが大量のお土産とともに帰ってきた。

「すごかったわよー、ベネチアのカナルグランデ！　トレビの泉も行ったし、博物館も行ったの。それとね、なに食べてもおいしいの！」

空港で迎えたおばあちゃんは、旅の疲れなんて感じさせないハイテンションでイタリアのお土産話を聞かせてくれた。空港からの帰り道、バスを待つ寒さの中、白い息を吐いて無邪気に語っている。行きの三倍に増えている荷物の中身は、現地の食材やお菓子、建造物の模型、書店で買った本などだそうだ。ユウくんも精霊だからなのか、疲れ知らずである。

「現地の宝石にも精霊がいて、すっごくきれいでした！　博物館にある宝飾品の精霊って、作られた時代からずっといるんですよね。すごいなあ」

「ね！　おかげで博物館は精霊が見えない人たち以上にはしゃいじゃったわ」

おばあちゃんとユウくんは夢心地で会話を弾ませている。

私はというと、とうとう猫の人形を手に入れることができなかった。だがおばあちゃんはイタリア旅行でご機嫌だし、この分なら、行く前に見た猫の人形など忘れているだろう。

　ともに町に戻ってきて、やがて『ゆうつづ堂』の建物が見えてきた。空はもう真っ暗で冬の星座が煌めいている。

「向こうの精霊たちは話す言葉も……あれ？　誰かいる」

　ユウくんがはたと立ち止まる。たしかに、店の前に人影があった。目を凝らすと、月明かりでようやくその輪郭が見て取れた。おばあちゃんが声を上げる。

「芳江さんだわ！　おーい！　芳江さん！」

　おばあちゃんに呼ばれて、店の前の人影、芳江さんがこちらを向いた。胸に箱らしきものを抱えている。

「こんばんは！　お店、もう閉まっちゃったわね」

「来てくれたのね。ごめんなさいね、今日は閉店しちゃった」

　おばあちゃんと芳江さんは公園で知り合ったと言っていた。お互いの営む店を教えあっていたようだ。

「これを渡したくて来たんだけれど、もう遅かったから諦めて帰ろうとしたの。会えてよかったわ」

　芳江さんはぱたぱたとこちらに寄ってきて、抱いていた箱を差し出してきた。

「辰彦さんから。受け取って」

「え？　なんですか？」

私は戸惑いながらも箱を受け取った。十五センチくらいの白い箱だ。おそるおそる明けてみると、暗闇の中にほわっと、青白い光が舞い上がった。丸みを帯びた顔に三角の耳、ふっくらした尻尾。一瞬、フクかと思った。でもフクにしては青みがかっている。光の猫が照らす箱の中に、これまた三角の耳が覗いている。私は目を疑った。まさか、そんな。

引っ張り出してみたそれは、丸い顔に丸い尻尾の、大福みたいな体型の猫の人形だった。青い和服を着て、ティーカップでお茶を飲んでいる。

呆然とする私に、芳江さんがまったりした声をかける。

「辰彦さん、うちの猫がいなくなってから、人形作りをやめちゃったって話したでしょ。でも詩乃ちゃんから石を貰って、猫の人形をバージョンアップさせたら、また気持ちが上を向いたみたいなの」

彼女の柔らかな声が、私の鼓膜を擽《くすぐ》る。

「これはそのお礼だって。本人が直接渡すように言ったんだけど……まったく、あの人は。素直じゃないんだから」

箱の中の猫は、私が彼に話していた白くて丸っこい猫だ。お礼を言いたいのに、声が出ない。

「本物の石膏で作ると乾燥に時間がかかるから、詩乃ちゃんのアイデアを借りて石粉粘土で作ったそうよ。叶子さんが帰ってくるまでに間に合うようにって、大急ぎで」

芳江さんはふふ、と笑った。

「あの人を、またやる気にさせてくれてありがとう」

猫の人形の首と帯には、ターコイズのビーズが繊細にあしらわれていた。

Episode 7　ブルーレースアゲートの冷静

「いらっしゃい詩乃ちゃん！　今日は辰彦さんいるわよ」

芳江さんの声が私を出迎え、店の奥にいる辰彦さんが舌打ちをする。

「また来たのか。懲りない奴だな」

テーブルの上でなにか作っている。私は辰彦さんの向かいに腰を下ろした。

「いいじゃないですか。このお店が好きなんです」

あれ以来、『あーと喫茶・しあん』は私の休憩場所のひとつになっている。辰彦さんは相変わらず私に手厳しいが、フクもそんな感じなのでだんだん慣れてきた。

「なに作ってるんですか？　新しい猫ちゃん？」

「お前には関係ない」

「なくても知りたいです」

芳江さんも、私たちがこんなやりとりをしているのに慣れてきている。辰彦さんが多少きつい口を利いても、もういちいち注意していない。

辰彦さんに貰った猫の人形に、おばあちゃんは大喜びだった。猫自体がフクをモデルにしているだけでなく、お茶を飲む姿が私に似ているだとかで大層気に入っているみたいだ。『ゆうつづ堂』のカウンターの奥に飾ってかわいがっている。

日曜日である今日の『あーと喫茶・しあん』は、いつもよりお客さんが入っていた。私も今日は店をおばあちゃんにお願いして、丸一日休みにしている。フクも連れてきた。少し前までは辰彦さんを警戒して鞄に潜っていたくせに、今は平然と私の肩に乗っている。

今日は店内を歩いて美術品を楽しんでいる人もいるし、座ってお茶を飲む男性グループの姿もある。私は辰彦さんの手仕事を眺めつつ、芳江さんが淹れてくれた紅茶を飲んでいた。

ふいに、後ろのテーブルの会話が耳に入ってきた。

「だからさ、今からでもやってみないか？」

「あの当時は俺たちも子供すぎたんだよ。大人になった今の俺たちなら、もっと真剣に向き合える。な、お前も来いよ。お前がいてはじめて、俺たちのバンドだろ」

男性四人のグループ客である。年齢は私より少し上か、同じくらいと思われる。会話の様子から、なにやら音楽をやっているユニットのようだった。雰囲気からして、一旦解散して今まさに再集結しており、当時のメンバーを誘い直している、といったところか。

フクも気になるらしく、声の方向に耳を向けている。私も気にはなるが、他人の会話に聞き耳を立てているのもよくない。私は正面の辰彦さんに意識を戻した。が、続いて聞こえてきた声に、思わず耳を疑った。

「いやあ、そういうのはちょっと。俺はもう音楽とは完全に離れて、別のことに専念してるんだよ」

カップを持った手が、口元で止まる。脱力感と明るさの同居した声。びっくりするほど、聞きなじみのある声だ。

「俺抜きでやってくれよ」

「なんでだよ。お前がいないと再結成とは言えないだろ」

「いや、だからさ……」

つい、ちらりと後ろを振り返った。しかし美術品を並べた棚がパーテーションになっていて、隣り合うテーブルの様子は見えない。ただ一瞬、きらりと青っぽい光の靄が見えた。

紅茶の湯気が鼻先を濡らす。辰彦さんがもくもくと人形を作っている。背後の青年グループの会話が、どうしても耳に入ってくる。

「もう夢なんか追ってる歳じゃねえだろ」

「……なんだよ。お前がそんなにつまらん奴になってるとは思わなかった」

ガタッと、椅子を引く音がする。複数の足音が遠ざかっていく。どうやら修羅場は終わったみたいだ。と思われたが、ひとり残っていたみたいだ。きらりと、青い光が私の視界の端に映る。細く揺れるそれは、イルカのシルエットを浮かべていた。

美術品の置かれた棚越しに、ひとりごとが聞こえてくる。

「はあ……どうしろって言うんだよ」

やはり、よく知っている声だ。なんなら毎日のように聞いている。カタ、と椅子の動く音がして、残っていたひとりも席を立った。そして私のいる席の横を通り過ぎようとする。

彼の姿が目に入って、疑惑は確信に変わった。

「青嶋さん……」

無意識のうちに、名前を呼んでしまった。

テーブルの脇を通り抜けようとした青年――青嶋さんは、私を見て短く声を上げた。

「あ、詩乃ちゃん」

いつも見ているスーツ姿でなく暖かそうなセーターで、小脇にダッフルコートを抱えている。彼は一瞬見せた疲れた顔を一転させ、ぱっと無邪気な笑顔になった。

「偶然だねー！　そういや詩乃ちゃんもこの店来るって言ってたもんな！　あれ？　店のご主人と一緒？　なに？　友達？」

一気に喋る元気のよさは、『ゆうつづ堂』で見るサボリーマンのそれそのものなのだけれど、私には、聞こえてしまった会話が引っかかって仕方なかった。

「あの、青嶋さん。一緒にいた人たちって……」

「わ、聞こえちゃった感じ？　恥ずかしい。忘れて」

笑ってごまかすのもすごく彼らしいのだけれど、私の胸のざわざわは収まらなかった。

「バンド、って言ってました？」

「上京時代の話だよ。遠い昔に終わったこと！」

「でも、再結成しようとしてませんでした？」

「ぽいなあ。よくやるよな、もう全員三十近いのに」

自分も誘われていたくせに、随分他人事《ひとごと》だ。

「青嶋さんは、やらないんですか？」

「ん？　やんないよ。仕事で手一杯だもん」

彼はそう言って、手をひらりと振った。

「じゃあね詩乃ちゃん。さっきの話、恥ずかしいから言いふらすなよー。特に叶子さんには言わないでね」

「あ、待って！」

私は慌てて席から立ち上がって、青嶋さんのコートを摑んだ。

「詳しく聞かせてくれませんか？　話したくないなら無理にはいいんです。でも……」

以前、青嶋さんから聞いた話を思い出す。彼は上京してからこの町に戻ってきているが、そのきっかけは「夢を諦めたこと」だった。その夢がなんだったのかまでは具体的には聞いていないが、夢破れた彼は相当ぼろぼろに傷ついていたと聞く。すさんでいた彼を偶然救ったのが、うちのおばあちゃんだった。イルカの精霊が宿るアクアマリンとブルーレースアゲートのストラップを持たせ、元気づけたのだという。

彼のかつての夢というのが、今の人たちと一緒に追っていたものだったとしたら。

コートを離さない私に、青嶋さんは困ったように笑った。

「お節介なところ、叶子さんに似てるよね」

観念したように言うと、彼はもといた隣のテーブルについた。私も辰彦さんの席を離れ、彼と向かい合って座る。青嶋さんはちょっと面倒くさそうに切り出した。

「あいつらは、上京時代のバイト先でふざけて始めたバンドのメンバーだよ。飲んだ勢いでなんとなく始まって、テキトーにそこにいた顔ぶれでテキトーにやってたバンド。俺は自分でも知らないうちにメンバーに交ぜられてた。そんなテキトーな奴らの集まりだったのに、意外と盛り上がって人気が出ちゃって、俺らも調子に乗ったんだよね」

気だるげではあったが、どこか懐かしそうに話す。私は黙って、彼の思い出話を聞いていた。

遊びで結成したはずのバンドは思いのほか軌道に乗り、近所のイベントに呼ばれるくらいに成長した。このまま本格的に音楽でやっていけるのではないかと、誰もが思いはじめていたという。

「でも、意識が高くなってきたせいかな。メンバー同士が衝突することが多くなってさ。音楽性の違いで揉めるバンドあるあるが多発してた。まあ俺は、面倒だったから主張はしないで、調整役を買って出てたんだけど……」

青嶋さんは、ため息とともにうなだれた。

「その甲斐《かい》もなく、バンドは空中分解。気がついたら解散してた」

始まりは、なんとなくで集まったバンドだった。でもそれは彼らの中でいつの間にか真剣な夢へと変わり、そしていつの間にか、負担に変わった。

「で、もう終わったこととして俺の中でも区切りがついてたのに、この歳になっていきなり再出発だってさ。なんでも、当時のリーダーの知り合いがバーのマスターで、その店は週末だけバンドを招待して演奏させてるんだって。マスターはリーダーが過去に楽器やってたのを知って、そのステージに呼んでくれたんだそうだ。それで、当時のバンドメンバーが再集結して、わざわざ俺のいるこの町にまで誘いにきてくれたわけよ」

気がついたら私は、彼の話に引き込まれていた。なにげなく始めたバンドの山と谷、そして時を経てからの再始動。熱い展開ではないか。だから余計に意外だった。青嶋さんの性格ならこういう展開に飛びつきそうなのに、全然乗り気でない。

「すごく面白そうですよ。なんで参加しないんですか？　もったいないです」

「もう社会人だからだよ。そんな余裕ないよ」

そういえばこの人は、明るく無邪気なように見えて、結構リアリストだ。

「けど、社会人やりながら楽器やってる人だってたくさんいます。事実、バーで演奏してる方々はバーにいられる年齢の人たちでしょ？」

「うちはうち、よそはよそ。俺はもうやめたの」

「大事だったんじゃないんですか？」

「昔はね。まあ俺はフロントマンじゃないし作曲も作詞もしてないから、俺がいなくてもあいつらはなんとかなる。楽器が足りなければ別のメンバー加えて、再出発してくれればいい」

「でも、あの人たちはあなたがいいから、わざわざ誘いに来たんじゃないですか？」

「あー……」

私に詰め寄られ、青嶋さんは眉間を押さえた。

「誰になんと言われようと、もうやめたんだよ」

「なんでですか。青嶋さんは、私にハンドメイドやるように勧めたじゃないですか」

私には言うくせに、自分はやらないのか。なんだか腹が立ってきた。

「せっかく、また夢を追えるチャンスなのに……」

「勝手に結成して勝手に夢見させて、勝手に解散して、今度は勝手に再結成。もう付き合いきれねえんだよ」

そう言った彼の声には、珍しく棘《とげ》があった。

朗らかなこの人の怒ったところなんか、見たことがなかった。びっくりして、声を呑む。青嶋さんはハッとして、眉間から手を離した。

「あ、ごめん。八つ当たりした」

そしてまた、見慣れた緩んだ笑顔に戻る。

「ともかく俺は、今は仕事が好きなんだよ。石とかハンドメイドとか、そういうのを楽しんでる人をサポートするのが生き甲斐なの。バンドよりそっちの方が大事なんだわ」

最後の方は冗談っぽく言って、席を立ち上がる。

「じゃあね詩乃ちゃん。またね。叶子さんにもよろしく！」

イルカがひゅんと横切り、光の泡のように明滅する。私も椅子から立ち上がった。なにか声をかけたいが、なにを言えばいいのかわからない。にっこり笑ってくれても、あの怒りの滲んだ声を聞いたあとだと作り笑顔にしか見えない。

青嶋さんが立ち去っていく。遠ざかる後ろ姿を見送っていると、ふいに彼のコートからパラパラと丸い粒が零れ落ちた。床に落ちる硬い音に、青嶋さんが立ち止まる。

「え、うわ⁉」

彼の足元に、青いビーズが落ちている。私は駆けつけて、床に膝をついた。

「なんか零れましたね。拾うの手伝いま……あれ？　これ……」

落ちていた丸い粒をひとつ手に取り、私は絶句した。青緑のつやつやした石である。

間違いない、これはアクアマリンだ。

アクアマリンは、青嶋さんの携帯ストラップにあしらわれていた石だ。ブルーレースアゲートと一緒に組み合わされていて、イルカのチャームの横にスエード紐でぶら下がっていた。これはまさに、彼が都会から出戻ってきたときにおばあちゃんが贈ったものだ。

　見上げると、青嶋さんが珍しく顔面蒼白で固まっていた。

「え……なんで」

　彼の手の中の携帯電話には、千切れたストラップの残骸が垂れ下がっている。私も、肩が強ばった。

「これ、大事なストラップですよね。なんで壊れちゃったんだろう、どこか引っ掛けました？」

　私がアクアマリンを差し出すと、青嶋さんも我に返って、落ちていたパーツを拾った。

「だいぶ古くなってたから、スエードが脆《もろ》くなってたかな。いや、それにしてもこんな壊れかたしなくても……」

　シンプルなデザインだったおかげで、パーツはイルカとパワーストーンふた粒しかない。青嶋さんを振り返ると、彼は床にしゃがんだ姿勢のまま、手の中を見つめていた。その手のひらには、銀のイルカが乗っている。彼はぽつりと呟いた。

「石が、片方足りない」

　静かにしていたフクが、私に声をかけてきた。

「詩乃！　精霊が！」

ゆらりと、青嶋さんのそばを青っぽい靄が通り過ぎた。イルカの精霊だ。よかった、ストラップが壊れてもまだいるみたいだ。でもその形は、これまで見ていた姿とは微妙に違う。イルカの形が曖昧に歪み、光の濃度も薄れて今にも消え入りそうだ。フクの焦り具合からしても、精霊が弱っているのはわかる。

青嶋さんの表情もいつもの明るさが見る影もない。悲しそうというより、呆然としている。

「大丈夫ですか？」

「あー……うん。大丈夫じゃないかも」

青嶋さんは大きくため息をついた。

「最悪だ。面倒くさい奴らに面倒くさいこと言われるわ、詩乃ちゃんにみっともない姿見せるわ、極めつきに叶子さんに貰ったストラップが大破。俺がなにをしたっていうんだ」

自嘲気味に苦笑いしているが、たぶん、本気で落ち込んでいる。不運体質の私でも同情してしまうほどの負の連鎖だ。

「げ、元気出してください」

私は彼の手から、イルカとアクアマリンを拾った。

「これ、お預かりしてもいいですか？　おばあちゃんに頼んで、直してもらいましょう」

「あ、そうか。叶子さんが作ったんだから、叶子さんが直せるのか」

　呆然とするあまりそんな単純なことも頭から抜けていたみたいだ。直せると気づいた彼は、ちょっとだけほっとしていた。

「ありがとう。よろしく頼むよ」

　私は彼から受け取ったビーズとイルカを、ぎゅっと握り締めた。早く直さないと、イルカの精霊が消えてしまう気がする。『あーと喫茶・しあん』をあとにした私は、大急ぎで『ゆうつづ堂』へ帰った。

＊　＊　＊

　ストラップが壊れたと聞くと、おばあちゃんはばっさりと言った。

「無理。直せない」

「ええっ!?　なんで？　石が足りてないから？」

　いやしかし、おばあちゃんはカウンターで『鉱石辞典』を捲っていて、まだ壊れたストラップを見てもいない。

「足りなくても、工房にある石で補えばいいんじゃないの？」

「そうね。でも、私には直せない」

「そんなはずないよ。おばあちゃんが作ったストラップでしょ！」

作った張本人なのに直せないなんて、信じられない。おばあちゃんは本のページをぱらりと捲り、のんびりと言い放った。

「この頃、小さいものが見えなくなってきたのよ。『鉱石辞典』の文字は頭に入ってくるから、やっぱりこれは目で読んでるんじゃなくて精霊の魔力で読めてるのねえ」

「本のことも気になるけど……待って、青嶋さんのストラップだよ？　これ壊れちゃって、あの人見たことないくらい凹んでたんだよ？」

青嶋さんは業者でありお客さんでもあるが、その前におばあちゃんの大ファンである。おばあちゃんもそれをわかっていて、彼をかわいがっていたはずだ。こんなにさらっと見捨てるとは思わなかった。

「あの人ちゃらんぽらんだけど、このストラップはすっごく大事にしてた！　諦めろって言うの？　かわいそうだよ」

「そうだけど、細かい作業は難しいのよ」

おばあちゃんは頑なに直そうとしない。すると、カウンターより背が低い小さな少年が、ぴょこっと顔を見せた。

「じゃ、詩乃さんが直してあげたらいかがですか？」

ユウくんが背伸びして、カウンターから覗いている。

「詩乃さんも雑貨作りが好きになってきてるでしょ。今の詩乃さんなら直せますよ！」

彼の助言でぴんときた。おばあちゃんが直してくれないのは、もしや私にやってほしいからなのか。近頃おばあちゃんは出かけることが多くなって店を空けがちだし、首輪やペンダントなど、新しい商品も私に任せている。じわじわと、おばあちゃんの代役としての仕事が増えているのだ。

「でもこれは、青嶋さんにとってはおばあちゃんに貰った思い出の品なんだよ。おばあちゃんに直してもらわないと意味がないんじゃないの？」

「そう？　青嶋くんがそんなことといちいち気にすると思う？」

おばあちゃんはきょとんとして首を傾けている。とうとう、私は根負けした。

「わかった。直してみる」

頷くと、おばあちゃんは嬉しそうに顔を上げた。

「そう言ってくれると期待してたわ！」

やっぱり……と思いつつも、私はおばあちゃんに言われるまま、受け入れるのだった。

おばあちゃんの言うとおり、直したのがおばあちゃんでなく私だったとしても、青嶋さんならあまり気にしないかもしれない。とはいえ、おばあちゃんが直した方が、青嶋さんも嬉しいと思うのだけれど。私が直したと青嶋さんが知ったら、がっかりしないだろうか。

工房に入って、拾ったパーツを作業台に置いた。ストラップとそれを繋ぐカニカン、丸カンといった金具パーツ、アクアマリンがひと粒と、銀のイルカのプレートが一枚ある。アクアマリンと並んでいたもうひとつの石、ブルーレースアゲートがない。床を転がって、紛失してしまったようだ。大事なイルカが残っただけありがたいが、ブルーレースアゲートは新調しなくてはならない。

ばらばらのストラップの前で、フクがエジプト座りしている。

「なあ詩乃、イルカの精霊、どんどん消えてきてる」

「うん、精霊って雑貨に宿ってるから、依《よ》り代《しろ》が壊れると弱っちゃうのかな」

イルカの精霊はもうイルカの姿を保っていない。青く光る光の靄が、ときどき石の周りを漂うだけだ。

引き出しを開けて、ブルーレースアゲートのルースが入った小箱を手に取る。スエードの紐と接着剤も用意して、スツールに座る。

「さて、やるか」

デザインはシンプルだったから記憶している。銀色のイルカの横に二本のスエード紐が垂れており、その先に丸く整えられたアクアマリンとブルーレースアゲートが通っていて、石が落ちないようにスエード紐の先端を止め結びしてあった。

まず、太めで大きなデザイン丸カンに、繋ぎの丸カンをつけ、そこにさらにイルカを下げる。続いて長めに取ったスエード紐を半分に折りたたんで、丸カンにひばり結びする。

作業する私に、フクが話しかけていた。

「あのさ、さっきの青嶋の話、どうなんだろうな」

「えっ？　あの、バンドの一件？」

一旦手を止めて、フクの顔を見る。フクは難しそうに首を傾げる。

「うん。俺はあれ聞いてて、青嶋のくせにノリ悪くてムカついた。お前、そういうの食いつくキャラだろうがよって」

「私もそう思った。あんなに仕事サボる人が『仕事の方が大事』なんて言ってるのも違和感ある」

スエード紐をぎゅっと引っ張る。新品の紐は、ハリのいい伸びできれいに結びついた。

「やりたいことがあるなら、いくつになっても追いかけていいんじゃないのかな。入江さんの彼女さんもそうだし、岬さんだってそう言ってた。菫さんも、カフェを開きたいって。私も、雑貨の仕事がしたいっていうの、ある意味夢だったし」

だから、目の前にあるチャンスを自ら逃す青嶋さんが、見ていられなかった。

「音楽、やりたかったんじゃないのかな。それこそ、だめだったときにやさぐれちゃうほど、本気だったんじゃないのかな……」

そこで、工房の扉がコンコンとノックされた。おばあちゃんが扉の隙間から顔を出す。

「作業中にごめんなさいね。青嶋くんのストラップと同じデザインの石違いがあったから、見本用に持ってきたわよ」

「ありがとう！」

持ってきてもらったストラップは、スエードの紐は同じだが石が赤く、生き物のプレートも精霊もヒツジだった。だが形が同じなので、記憶を頼りにするより正確だ。

入ってきたついでに、私はおばあちゃんに問いかけた。

「ねえおばあちゃん。もし一度諦めた夢があったとして、しばらく経ってからまた、叶えられるかもしれないチャンスが巡ってきたとするじゃん」

「うん？」

　おばあちゃんが耳を傾ける。私は、曖昧な表現のままで続けた。

「せっかくチャンスがあるのに、そこに乗らない人、もったいないよね？」

「もったいない。人生の時間は限られてるんだもの、やりたいことは全部やった方がお得よね」

　おばあちゃんは具体的に誰のなんの話かは、聞いてこない。私は作りかけのストラップを、目の高さに吊るした。

「なんて声をかけたらいいのかな。どうしたら、また火がつくのかな」

「そうねえ、その人の状態にもよるけど……」

　おばあちゃんが人差し指を顎に当て、虚空を仰ぐ。そして驚くくらいあっさりと言った。

「別にいいんじゃないかしら？　火がつかなくても」

「へっ？」

　あまりに拍子抜けな回答だ。興味を持ったらなんでも行動に移すおばあちゃんが、こんなことを言うとは。

「でも、さっきもったいないって！　やりたいならやった方が得だって、おばあちゃん言ってたのに！」

　間抜けな声を出す私と、同じ顔でぽかんとするフク、両方に目をやり、おばあちゃんはころころ笑った。

「やりたいことは全部やった方がお得なんだけど、損得勘定だけが全てじゃないからね。やってみたいなあ、って気持ちを漠然と持って、それ以外のことをする日々も、案外いいものよ」

　おばあちゃんのあっけらかんとした言いかたに、私はまた言葉を失っていた。わかっていない私の反応を見て、おばあちゃんはのんびり付け足した。

「夢ってね、追っても素敵だけど追わなくてもいいのよ。実際世の中には、やりたいことがあってもプロ並の実力があっても、それを仕事にしないで、違う道に進む人がたくさんいるでしょう？」

　柔らかな声が、私の中にあったもやもやに染み込んでいく。

「特別な自分になれるのはすごく素敵なことだけど、特別じゃない自分を愛せるのも同じくらい素敵なことなのよ。ありふれた日常を楽しんで生きるのって、すっごくかっこいいじゃない？」

　目が覚めたような心地だった。

私は無意識のうちに、夢があるなら追わないといけない気がしていた。そうでない名もなき日常に生きる人を、否定してしまっていたのだ。彼にとっては、今の日々の方が尊いと、結論が出ていたというのに。

「そうか。私、価値観を押し付けちゃってたんだ」

「あら。でももちろん夢に突き進んでいく人は魅力的よ？　詩乃ちゃんが出会った人がチャンスを逃してるのも、本当は未練があるのに意地になってるとかなら話は別。背中を押してもらいたくて待ってるのかもしれないわよ」

おばあちゃんはそう言い残し、店番へ戻っていった。工房の私とフクは顔を見合わせる。フクはしばらく口を結んでいたが、急にしたり顔になった。

「俺も叶子と同意見。詩乃はお子ちゃまだな」

「ちょっと！　フクだってさっきまで私と同じこと言ってたくせに！」

なんて現金な奴だ。でも、私も言えた口ではない。右手にぶら下がっているストラップに目を向ける。考えかたに新しい道が拓けたおかげか、このストラップとも新鮮な気持ちで向き合える。

「よし、やるか！」

気合いを入れ直して、途中だった作業を再開した。スエードにアクアマリンを通して、紐の先端を縛る。それから、引き出しから持ってきたブルーレースアゲート。優しい乳白色の青に、色味の濃いところと薄いところが縞模様を描き出している。品があって爽やかな、美しい石だ。この石に願いを込めて、垂れ下がるスエード紐のもう片側を差し込む。最後に先を結んで、完成だ。

ふわりと、私の視界に青い光が躍った。軽快に飛び跳ね泳ぐそれは、イルカのシルエットである。私はこのイルカに、そっと声をかけた。

「お帰り」

イルカはきらきらと私の周りを泳いでいた。このイルカをここまで間近で見たのは、これが初めてかもしれない。思っていたより、立体感がある。店の中にいる他の雑貨の精霊たちは、ぽわぽわした光にシルエットが浮かんでいる程度だが、このイルカは透けてはいるものの輪郭がくっきりしている。青嶋さんがこのストラップを大切にしているからだろうか。精霊の成長についてはまだ仮説の域を出ないけれど、なんとなく、そんな気がする。

イルカのぼんやりとしたシルエットは煙のように揺らめき、青い光を振りまいていた。

＊　＊　＊

翌日、『ゆうつづ堂』で店番をしていると、青嶋さんがやってきた。

「どうも詩乃ちゃん！　昨日はありがとうね」

スーツにコートとマフラー姿の彼は、昨日の様子とは切り替わっていつもどおりの営業スマイルである。カウンターでフクがあくびをする。私は、用意していたストラップを掲げた。

「こんにちは。ストラップ、直りましたよ！」

「もう？　早いな！　さすがは叶子さん！」

ぱっと目を輝かせ、早足にこちらへ向かってくる。私の手元にいたイルカが、彼に反応して泳いでいく。

「それが、おばあちゃんったら『小さいものが見えない』なんて言って直してくれなかったんですよ。だから直したのおばあちゃんじゃなくて、私なんです」

苦笑いでストラップを差し出すと、青嶋さんは受け取りつつ、驚いた顔を私に向けた。

「詩乃ちゃんが？」

「はい。スエード紐を新しく丈夫なものに替えて、それとブルーレースアゲートだけなくなっちゃったので、新しいのをつけました」

私は彼の周りを舞うイルカを眺めた。

「おばあちゃん最近そうなんですよ。本当は余裕あるでしょうに、私に店のことを引き継ぎたいのかいろいろと仕事のチャンスをくれるんです。このストラップは青嶋さんがおばあちゃんから貰って大事にしてるものなんだから、これはおばあちゃんが直してって言ったんですけど、聞いてくれなかったんです。変なところで頑固なんだから……」

イルカの精霊は、青嶋さんに懐いているみたいにそばにくっついている。フクも丸い頭をくりくり動かして、イルカの動きを追っている。

青嶋さんはぽかんとした顔でストラップを見つめ、人差し指でブルーレースアゲートをなぞった。

「そっか……」

そう言って、相好を崩す。その瞬間の青嶋さんは、営業マンではなくて、昨日見た等身大の青年の表情をしていた。

ふいに、イルカが青嶋さんの頬に擦り寄った。そして微かに、キュウ、と声を出す。

「……え！」

今、イルカが鳴いた。フクもびっくりして猫背を伸ばす。イルカはもう一度、ピュイッと甲高い声を発した。気のせいではない、イルカの精霊が、声を持った。

精霊が見えていない青嶋さんが、怪訝な顔をする。

「どうした？」

「いえ、なんでもないです……」

精霊は、なんらかの理由で成長する。今までの経験からして、精霊の宿る雑貨を持ち主が大切にする想いが、精霊を育てている。……という仮説が、私の中にある。確証はない。

青嶋さんは、ストラップを携帯に括りつけた。

「これ、叶子さんに貰ったから大事にしてたんだけどさ。今日からは叶子さんと詩乃ちゃん両方から貰ったストラップになった。今までより、もっと大事なものになっちゃうな」

冗談っぽくはにかんで、にやりとする。

「叶子師匠の作品を引き継ぐ、弟子の孫！　後輩の成長、嬉しいなあ」

「弟子入りした覚えも後輩になったつもりもないんですけど、でも事実、そうですね」

ちょっと呆れながらも納得した私に、青嶋さんはより満足げににっこりした。ふいに彼が、真っ暗な携帯の画面に目を落とす。

「さて、あいつらに電話してみっか」

「あいつら？」

私が聞き返すと、青嶋さんは頷いた。

「元バンドメンバーのあいつら。昨日の俺の言いかた、感じ悪かったかなと思って」

「どうしたんですか、急に」

昨日までは彼らのことを「面倒くさい奴ら」なんて言っていたのに、どうしたのだろう。青嶋さんは、携帯ごと掲げ、私の目の高さにストラップを翳した。

「ブルーレースアゲートって、他人の言動にイラッとしたときに、昂ぶった気持ちを鎮めてくれる石なんだよ。これ見てたらそれを思い出して、昨日の自分に対して冷静になってきた」

そう言って彼は、ちょっと煩わしそうに携帯の画面を操作した。

「バンドに戻る気はまったくないけど、でも本当は、律儀に誘ってくれたこと自体は嬉しかった。フロントマンじゃないし作曲も作詞もしてない俺に、『お前がいないと』って言ってくれた。それはちゃんと、お礼言っておこうかな」

操作される携帯の脇で、ストラップが揺れている。

「昔やり残したことを大人になってから全力でやってるあいつら、なんだかんだめちゃくちゃかっこいいしな。応援はしてるって、ちゃんと伝えとく」

青嶋さんを勇気付けるかのように、イルカがそばを浮遊する。青嶋さんは、携帯を耳に当てて店の外へと席を外した。

扉が閉まったあと、私はカウンターの内側に隠した『鉱石辞典』を引き出した。ブルーレースアゲートのページを探してみる。ページを捲っている横で、カウンターで寝そべっていたフクが顔を上げた。

「パワーストーンのストラップって、つけてる場所が象徴する出来事を助けるらしい。叶子が言ってた」

「そうなの？　じゃあ青嶋さんは、携帯電話……」

今まさに友人に通信している、その架け橋である。

本を捲る手が止まる。少し茶ばんだページの中に、柔らかな淡い青のしましま模様が描かれている。

『ブルーレースアゲート（空色縞瑪瑙《そらいろしまめのう》）　信頼と平和の石。荒れた心を鎮め、和やかな対人関係へと導く。愛情と友情の石でもあり、友人間の関係を円滑にする』

青嶋さんは、この石の意味を知っていた。石の持つ意味に向き合い、かつての大切な友人を想う気持ちを思い出してくれた。

「なんかいいなあ、そういうの」

そう呟くと、カウンターにいるフクがこてんと寝そべった。

「就業時間中じゃなければ、美談だったんだけどなあ」

「そうだった……」

後日、バンドメンバーの青年たちとそこに交ざる青嶋さんが、一緒にお酒を飲んでいる写真を見せてもらった。例のバーのマスターが撮ったのだという。カメラに向かって笑う彼らの表情はすごく楽しげで、確執があったようには見えない写真だ。よく見ると青嶋さんの上着のポケットから、スエードの紐に下がったブルーレースアゲートが、ちらりと顔を覗かせていた。

Episode 8　アイオライトの花嫁

つやつやのパールと、雫のように潤む白水晶。ワンピースの色に合わせた濃紺のリボン。そのバレッタを目の当たりにした瞬間、呼吸が止まった。

「か、かわいい！」

「気に入ってもらえた？」

おばあちゃんが満足げに微笑む。

「作った甲斐があるわね」

「さすがだよおばあちゃん。おばあちゃんの孫に生まれてよかった！　これは最高に運がよかった！」

興奮して捲くし立てる私に、おばあちゃんも嬉しそうだった。

「大切な先輩の結婚式だものね。いつも以上に気合い入っちゃった」

そうなのだ。このパールと白水晶のバレッタは、結婚式用におばあちゃんが私に作ってくれたものである。お世話になった先輩、菫さんの結婚式だ。招待状が届いたのは、数週間前。肩肘張らないカジュアルウェディングを企画しているという。

私が用意していたパーティドレスを見て、おばあちゃんがそのデザインに合わせてこのバレッタを作ってくれた。

「フクと同じ白水晶も嬉しいし、パールもすっごくきれいな艶。やっぱり、結婚式といえばパールだよね」

バレッタに夢中の私を、おばあちゃんが微笑ましげに見つめている。

「パールはあらゆる悪いものから持ち主を守ってくれる石なの。だから、冠婚葬祭の場で活躍するのよ」

パールは真珠貝が作り出す宝石で、正確には鉱物ではない。貝という生き物が生み出す生命のエネルギーの結晶とされ、母性的な力を持つのだという。おばあちゃんの言うように、守護の力も強いパワーストーンだ。

このバレッタはそんなパールと、私のお気に入りの石である白水晶を組み合わせたものだ。白水晶を入れてくれる辺りに、私を想って作ってくれたおばあちゃんの優しい気持ちが伝わってくる。

「あれ？　でもおばあちゃん、この前、目の調子が悪くて細かい作業ができないって言ってなかった？」

青嶋さんのストラップの一件を思い出す。問うと、おばあちゃんは「あ」と真顔になってからしらばっくれた。

「そんなこと言ったかしら？　まあいいんじゃない？　詩乃ちゃんに直してもらえて、青嶋くんも喜んでたでしょう？」

　そう言われて、私はぐっと言葉を呑んだ。

『これ、叶子さんに貰ったから大事にしてたんだけどさ。今日からは叶子さんと詩乃ちゃん両方から貰ったストラップになった。今までより、もっと大事なものになっちゃうな』

　冗談っぽく言っていたが、彼のそばにいるイルカは鳴き声を持つようになっていた。あれは、青嶋さんのストラップに対する気持ちが強まったから……のように思える。いずれにせよ、私はやはりおばあちゃんの手のひらの上で踊らされていたようだ。

　おばあちゃんがバレッタを翳し、私の髪にあてる。

「うんうん、似合う！　ドレスと合わせたところも早く見たいわ」

　そんなことをしていると、私の頰の横にころんと白い光の玉が浮かんできた。フクかと思ったが、フクよりひと回り小さい。精霊なのは間違いないが、獣や鳥ではない。

「……貝？」

　ころころと浮かぶそれは、白い二枚貝の姿をしていた。私もおばあちゃんもこの精霊に注目する。

「これ、バレッタに宿ってる子？」

私が精霊を指差すと、おばあちゃんが精霊を見上げたまま、そうねと返す。

「パールは貝が作り出すものだから、こんな姿になったのかも」

おばあちゃんの作る雑貨は、雑貨に住む精霊に合わせて生き物のモチーフを入れる。

ただし結婚式は、生物モチーフNGの場だ。ということで、今回のバレッタには貝モチーフは入らない。モチーフがなくても精霊がいることは変わらないので、身につけるだけで守られている気持ちになれる。

おばあちゃんが貝の精霊を指先でちょんと触れた。

「貝のモチーフは、パールのイメージどおり生命や恵みの意味があるわ。それと同時に、『才能を開花させる』モチーフでもあるの」

おばあちゃんに突かれた貝が、ぽわんと一回転する。

「雑貨作り勉強中の詩乃ちゃんにぴったりね」

「雑貨作りの才能かあ。あるかわかんないけど、おばあちゃんにそう言ってもらえると自信がつくよ」

石の持つ意味と、贈る人の気持ち、背中を押してくれる言葉。それが持つ人に勇気を与える。パワーストーンとはきっとそういうものなのだ、と改めて感じる。

「かわいいバレッタをありがとう。結婚式がますます楽しみになったよ。菫さんの花嫁姿、早く見たい」

バレッタに煌めく石を見つめ、それから店の壁掛け時計に視線を移す。もうすぐ午後三時、約束の時間まではまだあと一時間ある。

「菫さん、まだかな。予定より早めに着いたりしないかなあ」

私がそう口に出して言うと、おばあちゃんが勢いよく顔を上げた。

「え？　菫さん、いらっしゃるの？」

「あれ？　言ってなかったっけ？　なんか『折り入って頼みがある』って言って、今日来る約束してるよ」

用事があるならメールでも電話でもいいのに、わざわざこんな辺境の地まで来てくれるのだ。式を控えて忙しいだろうに申し訳ない気もするが、会えるのは嬉しい。と、いうのをおばあちゃんに伝えるのを忘れていた。おばあちゃんが私の肩を小突く。

「言ってよ！　私だってそれなりの準備があるんだから！」

「ごめんごめん、言った気になってた。そういえば、言った相手おばあちゃんじゃなくてフクだったかも」

「大変、急いでお茶菓子の用意をしなくちゃ！　紅茶も新しいのを買ってこようかしら。ちょっと買い出しに行ってくるわね！」

おばあちゃんは慌しく支度して、店を飛び出していった。私は彼女の背中に声を投げる。

「お菓子は私が昨日準備したよ！　……もう聞いてないか」

おばあちゃんの行動力には孫の私でもついていけない。また転んで怪我しなければいいが。話を聞かないおばあちゃんにため息をついていると、貝の精霊の脇からふわっと、フクがやってきた。私の腕に乗り、こちらを見上げる。

「なあ詩乃。お前、最近変わったことないか？」

「急になに。フク、普段から私と一緒にいるでしょ？　なにもないこと知ってるでしょうに」

「いや、なんか……」

フクは耳をぴくぴくさせ、首を傾げた。

「なんか、すごく大きい気配を感じる。居間にいるユウはなんにも感じてなかったから、俺だけにしかわかんないのかも」

なにを言いたいのだろう。黙って聞いていると、フクはせわしなく尻尾を揺らした。

「俺は詩乃を守護する精霊だから、俺が感じてるこの気配は詩乃の身になにか起きる暗示じゃねえかな。たぶん、近いうちに詩乃に大きな転機が来る」

「え……」

どきんと、心臓が大きく脈を打った。私は数秒言葉を失い、フクの丸い顔を眺めていた。フクは口を結んで神妙な顔をしている。私はやっと、口を開いた。

「フク、いつの間にそんなのわかるようになったの？」

「ん？」

フクが尻尾をふっと立てる。私は感動でうまく言葉が出なかった。

「だって今までにも大きい出来事はあったけど、フクが知らせてくれたことなんてなかったよ。それがこんな、未来予知じみたことを……。もしかしてこれも、フクが精霊としてより成長してきた証じゃない？」

特に意思もなくただ見守るように漂う精霊から、感情を持って懐いたり鳴いたりするようになって、喋るようになって、次は持ち主の未来の出来事を察知できるようになるのか。精霊というものは、まだまだ謎が多い。だからこそ、フクが段階を踏んで進化していくごとに発見があって、驚かされる。

感心している私に、フクはしばし呆然としていた。それから耳と尻尾をぴんと立てて、小さな牙を剥いた。

「いやいや、これからなにかヤベーことが起きそうって言ってんだぞ!? なんでそんなに暢気なんだよ！」

「ごめんごめん、真剣に伝えてくれたのに。大きな転機だっけ？ ちょっと不安だけど、いい出来事かもしれないし、そんなに不安がらなくても大丈夫じゃないかな」

私はあははと笑い飛ばした。人生が変わるような運命的な出会いが近いのかもしれないと考えると、不安よりむしろ期待で胸が膨らむ。フクはシャーッと毛を逆立てた。

「そういう感じじゃないんだよ。なんかもっと、嫌な予感！」

「そうだったとしても、大丈夫」

私は威嚇するフクの額を指で撫でた。

「私にはおばあちゃんがいるし、フクもいてくれる。なにが起きても、大丈夫だよ」

もちろん、大きな変化に不安がないといえば嘘になる。でも私を想って、私のために頑張ってくれる、信頼できる人がいる。だから、まあなんとかなると信じられる。怒っていたフクも、撫でられるうちに呆れ顔になって、揃えた前足の上に顎を置いた。

「あ、そ。随分ポジティブになったもんだな。ちょっと前まで、自分を卑下してばっかだったくせに」

「自信を持て、前向きになれって私に言ったのはフクでしょ」

そう言ってフクのもちもちな頬をつついたとき、キイと、店の扉から軋んだ音が聞こえた。ひゅっと、冷たい風が外から入ってくる。そうだ、菫さんと約束していた時間が近い。私は顔を上げ、出迎えた。

「いらっしゃいませ！　菫さん、お待ちしてまし……」

しかし、冷えた空気とともに扉の向こうに立っていたその人を見て、私は絶句した。

首の後ろで縛った長いストレートの黒髪、切れ長の目つき。シックなオフィスカジュアルな服装は、生真面目そうな印象がある。菫さんではない。それよりもっと、懐かしい人だ。

「……お母さん」

最後に会ったのはだいたい一年前、今年の正月。夏凪綾香《あやか》、私のお母さんだ。

彼女はしばらくの間、開けっ放しの扉の前で佇んで、黙って立っていた。冷たい風が店内に吹き込んで来る。私も、突然の来訪に驚いて動けなかった。時間が止まったような静寂のあと、私はもたもたとカウンターを出た。

「びっくりした！　どうしたの。来るなら連絡くれたらいいのに！」

「うん、詩乃、久しぶり」

やっとお母さんの声を聞いた。私が駆け寄ると、お母さんは思い出したように扉を閉め、私に向き直った。

「仕事でこの近くに来たから、寄ってみたの」

お母さんは、私の地元にある大手メーカーに勤めている。遠くの企業との提携も多く、よく打ち合わせのために出張していた。今回も、そんな事情だろう。

「そうだったんだ。ちょうどおばあちゃんは買い物に行ってて不在なんだけど、遠くまでは行ってないはずだからすぐに戻るよ」

全く予期せぬ事態にすごく驚いたが、でもお母さんが会いに来てくれたのは嬉しかった。お母さんは店内をゆっくり見渡し、最後に私の着ているエプロンに目を留めた。

「詩乃、本当にこの店で働いてるのね」

少し、緊張した。私が前の職場を辞めたとき、衝動的だったせいでお母さんを含め家族にも誰にも相談しなかった。この店で働くことになったときも、おばあちゃんとの会話の流れで決まってしまいこれもお母さんには事後報告になった。しかもおばあちゃんの怪我が治るまで店番をする約束だったはずが、治った今もこうして店番を続けている。お母さんには、その辺の説明もしていない。

家を出ている私がどこでなんの仕事をしていようと、問題ないのかもしれない。しかしお母さんは、自分の母親であるおばあちゃんのことが、あまり得意ではない。変わり者のおばあちゃんには辟易しているのだ。

ここはそのおばあちゃんの店だ。私が子供の頃ですらお母さんはこの店に近づくのを嫌そうにしていた。今私がここにいるのも、いい気はしないのかもしれない。

でもお母さんは、そう、と微笑んだ。

「ここでのお仕事は楽しい？」

諸々の報告を怠ったのを、怒っている様子はない。私はほっと胸を撫で下ろし、答えた。

「楽しいよ！　町の人たちもいい人ばかりだよ」

「そっか。それはよかった」

お母さんがにこりと笑う。お母さんが受け入れてくれた、と安心したら、積もる話が一気に溢れ出た。

「すぐサボりに来るサラリーマンとか、ガラス職人のお姉さんとかいて、すっごく面白いの。それとこの前、近くのカフェで人形職人のおじいちゃんと友達になったんだ。そうそう、ちょっと前にはおばあちゃんが犬拾ったりして……」

話しはじめたら止まらない。精霊たちもかわいくて、と言いかけたが、それは慌てて呑み込んだ。お母さんはうっすらとした微笑みを携えたまま、私の話を聞いていてくれた。

「うん、詩乃が楽しそうでよかった。よかったけど……」

お母さんは微笑んだまま、言った。

「いつまでそうしてるつもり？」

「……え？」

私は話すのをやめて、口を半開きにして固まった。お母さんが目を伏せる。

「まさか一生この店で働くつもりじゃないでしょう？　ここでしばらく過ごしても私は構わない。もちろん、これからちゃんと安定した職場に転職してくれる前提で、ね」

私はまだ、声を出せずにいた。お母さんがひとつ、まばたきする。

「それともいい人がいるの？　結婚して安定した生活ができるなら、それでもいいけれど」

「そ、その予定はないけど……」

ようやく出た声は、情けなく震えていた。お母さんが苦笑する。

「詩乃はおばあちゃんに似て衝動的に行動して、あとになってから報告するからなあ。なんの脈絡もなくいきなり『結婚します！』って言いそうで怖いわ」

「あはは……気をつけます」

なんだろう。お母さんは笑っているのに、声も威圧的ではないのに、すごく怖い。

お母さんは優しい口調のまま、私に諭すように言った。

「嫌な気持ちにさせたらごめん。でも、詩乃は大手の雑貨メーカーに就職できるだけのポテンシャルがあるのに、こんなところにいたらもったいない」

心臓がどくどくいっている。

「それに、私、詩乃がおばあちゃんに似てくるのが不安なの」

お母さんは、言いにくそうに続けた。

「自由気ままで、やりたいようにやって、他人からどう思われても気にしない。それってすごいことだけれど、同時に孤独でもある。自分ひとりの世界でしかない。私は、詩乃には普通の幸せを摑んでほしい。当たり前の平穏な生活をしてほしいの」

おばあちゃんの生きかたは間違っていない。そう言い返したかった。でも、お母さんの気持ちもわからないこともないから、なにも言えなかった。

おばあちゃん、早く帰ってきて。私がなにも言えなくても、おばあちゃんならきっと、なにかぐうの音も出ないような言葉でお返ししてくれる。でも、そういうときに限っておばあちゃんの帰りが遅い。

声が出ない私に、お母さんはさらに、念押しするように言った。

「仕事と趣味は違うの。こんな趣味の延長みたいなことといつまでも続けていられるほど、人生は甘くない。仕事を楽しむ気持ちは大切。でも、楽しいだけじゃ生きていけない。それはわかってるよね？」

「……うん」

私はただ、こくんと頷いた。

お母さんが左の手首を返し、腕時計を確認する。

「あ、こんな時間。これから打ち合わせだから、もう行くわ。おばあちゃんにもよろしくね」

お母さんはそう言うと、上着の襟を直した。店の柱に人差し指を立て、トン、と一回叩く。私が「あっ」と思ったときに、もうあと二回、トントンと指先が柱を叩いた。懐かしい、お母さんの癖だ。

お母さんは、足早に店の扉を開けた。扉から入ってくる風が、頬を突き刺す。ぞくりと鳥肌が立つ。出て行く前に、お母さんはこちらを振り返った。

「ごめんね、小言を言いに来ただけみたいになっちゃった。でも私はただ、詩乃に幸せになってほしいだけなの」

「うん、わかるよ」

そうとしか言えなかった。お母さんがやや明るいトーンで付け足す。

「たまには帰ってきなさいよ。今年のお盆、詩乃が帰ってきてくれなくてお父さん寂しそうだったんだから」

「うん、ごめん」

私がもう一度頷くと、お母さんは気まずそうに微笑んで、扉を閉めた。お母さんの姿が見えなくなっても、腕に残ったぞくぞくはまだ収まらなかった。

『まさか一生この店で働くつもりじゃないでしょう？』

お母さんの言葉が、耳にこびりついて離れない。そうか、お母さんは私がこの店にいるのを、そう捉えていたのか。ここで働くと説明したとき、呆れながらも納得してくれたのは、あくまで新しい会社へ転職するまでの繋ぎくらいの感覚だったからなのか。私自身も、最初はそのつもりだった。おばあちゃんの入院中の手助けついでに、その期間中の店番だけの気でいた。お母さんの感覚が当時のままなのも致しかたないのである。

でも、考えていなかった。私は一生、この店にいるつもりなのか。

たしかに、こんな今にも潰れそうな店で働くより、前の職場のような企業にいた方が生活は安定する。転職したくないなら、結婚も考えなくてはならないのか。

楽しいだけでは生きていけない。お母さんの言うことは、もっともだ。

もやもやが残ってしまった。俯きながらカウンターに戻ると、フクが先程見た前足に顔を乗せた姿勢のまま、こちらを眺めていた。

「転機、近いかもな」

私の人生の転機。この店を離れるときが近いというのか。

「でもフク、私まだ『ゆうつづ堂』にいたいよ」

できることなら、ずっとでもここにいたい。

そこでまた扉が開いて、今度は晴れやかで明るい声が入ってきた。

「ただいまー！　よし、まだ菫さん来てないわね。間に合ってよかった！」

紅茶の専門店の袋と、お気に入りの焼き菓子の店の紙袋を抱えて、おばあちゃんが帰ってきた。冷気をまとっているのに、本人の笑顔が温かいせいか、ほこほこした空気を感じる。菫さんはまだ来ていないけれど、お母さんは帰ってしまった。

「間に合ってないよ……」

私はつい、そう零してうなだれた。

＊　＊　＊

　それから三十分くらい経った頃、菫さんがやってきた。客間へ通して、お茶を用意する。

「改めましてご結婚おめでとうございます。式、楽しみです」

「ありがとう」

　私が菫さんと話す間は、おばあちゃんが店に立ってくれている。おばあちゃんには、お母さんが来たことは伝えたが、仕事の合間だったのですぐに出て行ってしまったというところだけ話した。お母さんに指摘された件については、うまく言えなくて伏せてしまった。

　言い出せないままのところへ菫さんが到着し、今に至る。お母さんとの会話はまだ引っかかっていたが、無関係の菫さんには暗い顔は見せられない。

「ドレス姿、早く見たいなあ！」

「ふふ、ちょっと奮発して、新品を用意したの。靴は友達がすごく素敵なのを貸してくれるんだ」

　菫さんが気恥ずかしそうに話す。幸せそうなオーラが溢れていて、私まで温かな気持ちになれる。と、彼女は不意に真剣な顔になった。

「それで、頼みなんだけどね」

わざわざこんな遠くまで足を運んでくれるほどの頼みとはなんなのか。菫さんは鞄に手を入れた。

「実は、詩乃ちゃんに作ってほしいものがあって……」

そう言って彼女が取り出したのは、両手のひらを合わせたほどの小さな白い木箱だった。肩にいるフクが覗き込んでくる。木箱の周りにはほわほわと、白っぽい光が漂う。

菫さんが木箱の蓋を開けると、中には銀色のビジューと白い玉で花をあしらった、煌びやかなネックレスが収まっていた。

「わ、きれい！」

木箱の端っこに、ほんのりと光が集まっている。よく見ると、白くて丸い二枚貝のシルエットが浮かんでいた。おばあちゃんに貰ったバレッタに宿った子にそっくりだ。しかし、このネックレスにいる方の貝は目を凝らさないとわからないくらい光が薄く、しかも五百円玉くらいの小ささである。バレッタの貝のようにぽこぽこ浮かぶこともなく、木箱の隅に蹲《うずくま》って動かない。フクが前のめりになって貝に顔を近づける。

「だいぶ弱ってんな。青嶋のストラップが壊れたときのイルカより具合悪そうじゃねえか」

私も同じように感じていた。なんだかこの貝は、見ていてかわいそうになる。

菫さんが箱に指先を添える。

「このネックレス、おばあちゃんの代から受け継がれてきたものなの。おばあちゃんが結婚するとき、その母親であるひいおばあちゃんが手作りのパールのネックレスを贈ってね。次はお母さんが結婚するときに、お母さんの友達がこのネックレスを時代に合わせてリメイクしたの。それで、今度は私に引き継がれた」

「すごい！　代々大切にされてきたものなんですね」

もとはひいおばあちゃんが作ったものだったネックレスが、姿を変えつつ菫さんに届いた。まるでひいおばあちゃんからも結婚を祝福されているみたいで、ドラマチックではないか。菫さんは頷きつつも、複雑な顔をした。

「大切にされてきた……それは間違いないんだけれど、なにしろ結婚式のときにしか出番がないから、日頃はずっと忘れられて押入れの中に眠っていたの。お母さんがこのネックレスのこと思い出したのもつい最近で、慌てて引っ張り出してきたのよ」

たしかに、普段使いするものではない。次の機会まで封印してしまうのもよくある話だ。

菫さんは、物憂げな面持ちでネックレスを見つめた。

「しまいこまれていてお手入れもなにもしていなかったから、このとおり、ところどころ傷んでしまっているの。結婚式の場でつけられる状態じゃない」

菫さんに言われて、私は改めてネックレスを観察した。一見、繊細かつ華やかで美しく見えるのだが、銀のビジューが錆《さ》びついていたり、石同士の繋ぎ目が歪んでいたりと意外にも状態がよくない。精霊の貝が弱っているのはそのせいだろうか。青嶋さんのイルカがそうだったが、持ち主が大切にしているものだとしても、宿る媒体の状態が悪いと精霊も消えかけてしまう。

菫さんが寂しげにため息を漏らした。

「お母さんは、このネックレスはもう諦めて、お母さんの代で終わりにしようかなんて言いはじめてる」

「え、もったいない」

私は咄嗟にそう口をついた。何十年も前から家族の間で受け継がれてきたのに、ここで途切れさせてしまうのは惜しい。

菫さんが、きゅっと眉を寄せる。

「そうよね。私、このネックレスをつけたい。おばあちゃんとお母さんがつけてきたものを、私も受け継ぎたい」

彼女は真剣な顔で、木箱を私の方へと押し出してきた。

「そこで、お願い。これ、詩乃ちゃんにリメイクしてほしいの！」

「ええ!?　私!?」

面食らって、声がひっくり返った。

「しかもリメイク？　傷んでる部品を替えるとかじゃなく？」

「リメイクをお願いしたい。私のウェディングドレスに似合う感じに直してほしいの」

菫さんは軽やかににっこりした。今の話を聞いた上で、このネックレスを私が修繕するだけでなく、さらに手を加えるというのか。

「そんな大事なものを、私に託すんですか!?」

「お母さんの代でも、お母さんの友達がリメイクしてるわ」

「でも、そんな大役を私が……？」

「詩乃ちゃんだから、お願いしたいの」

菫さんは木箱を両手で持ち、私に差し出してきた。

「こんなこと頼むなんて、重いよね。でもこの前、私にアイオライトのブックカバーを作ってくれたでしょ。あれで確信したの。詩乃ちゃんなら、期待に応えてくれる」

箱を目の前に出されても、私はなかなか受け取れなかった。人生最大クラスの晴れ舞台である結婚式のためのネックレス、それも家族が代々受け継いできた宝物。それを、ハンドメイド歴にして半年も経っていない私に任せられるなんて、荷が重い。

躊躇していた私だったが、ふいに、木箱の隅で小さくなる貝の精霊に目が留まった。ぼろぼろになったネックレスに寄り添って、不安げに縮こまっている。ふたりの花嫁を彩ったこの精霊は、何十年もこの箱に閉じ込められていた。このままでは、三人目の花嫁にはつけてもらえず、箱の中で眠り続けることになる。

そう思ったら、無意識のうちに手が伸びていた。木箱を両手でしっかり受け取る。菫さんは、ほっとした顔で微笑んだ。

＊　＊　＊

この頃は日没が早い。菫さんが帰る頃には、もういちばん星が輝きだしていた。それから三時間くらい経って、店を閉める時間が来る。店の扉に鍵をかけ、おばあちゃんと夕飯の支度をした。今夜は野菜たっぷりの鍋である。ほかほかと立ち上る湯気からおいしそうな匂いがする。

食卓を囲んで鍋をつつきつつ、おばあちゃんが問いかけてきた。

「菫さんのウェディングドレスに合わせるネックレス、きれいだったわね。あれを任せられるなんてすごいじゃない、重大任務よ」

菫さんのネックレスは、彼女が帰ってすぐにおばあちゃんに見てもらった。大事なものを託されたのは荷が重くもあったが、この重大な役目に私を選んでもらえたのは嬉しかった。それと、宿っていた精霊が心配だったこともあって、思い切って請け負ってしまった。

この大仕事を、おばあちゃんは大喜びしている。

「ウェディングドレスに合わせるアクセサリーは、繋ぎの金具やネックレスチェーンといった地金部分は見せないようにするのがマナーよ。カジュアルウェディングだって話だから、あんまり細かいことは言われないかもしれないけれど、頭に入れておいてね」

「そうなんだ、気をつける」

自分の器に取った白菜を、口に含む。直後に口の中を火傷して、自分の不運を再確認する。

「やっぱりこの仕事、身の丈に合ってない気がする。しかも鍋の日は絶対火傷する不運体質の私が、結婚式用のアクセサリーに手を加えるって、なんか縁起悪くない？　大丈夫？」

不安で頭を抱える私を、おばあちゃんはおかしそうに笑い飛ばした。

「なに言ってるの！　親子三代、結婚の機会に受け継がれてきたネックレスよ？　これほどの縁起物が詩乃ちゃんの不運程度に負けるわけないじゃない。逆にこの縁起のよさにあやかって、不運を吹き飛ばしてもらいなさいな」

そういう捉えかたか。おばあちゃんの前向きさに引っ張られて、私も気持ちが軽くなった。

「そっか、たしかにそうかも。幸せなことなんだから、不安げな顔してたらだめだよね」

「そうよー。大体、こんな大仕事を任せてもらった時点で幸運でしょ。鍋で火傷するならちゃんと冷ましてから食べなさい」

おばあちゃんが鍋のシメジを口へ運ぶ。私は器の中の具材を箸でほぐして、熱が冷めるのを待っていた。おばあちゃんがふいに、話題を変える。

「それにしても、綾香。急に来たのよねえ。事前に連絡してくれれば私もその時間は店にいたのに」

突然出てきたお母さんの名前に、私は思わず箸を止めた。おばあちゃんが虚空を仰ぐ。

「まあ、仕事のついでだって言うから急だったのかもしれないけど。私も会いたかったわ」

「うん……」

頭の隅に追いやっていたお母さんの指摘が蘇ってくる。菫さんのネックレスの方に引っ張られていたが、こちらも重大な事件だった。お母さんから言われた耳の痛い言葉の数々は、まだおばあちゃんに言えていない。

早く『ゆうつづ堂』の店番なんか辞めて、もっと安定した仕事に再就職しないといけない。そうでないと、お母さんが私を心配する。だからといって、あっさりこの店を離れられるほど、私の気持ちも軽くはない。いつの間にか、辞めたくないと思ってしまうほど『ゆうつづ堂』への思い入れが強くなっていた。でも、このままでいられないこともわかっている。

気持ちが複雑に絡まって、自分がどうしたいのかまとまらない。おかげで、おばあちゃんにもどう相談すればいいのかわからなかった。

おばあちゃんが苦笑する。

「綾香は昔から私に対してクールなのよ。まあ、あの子が冷静に接してくれるから、私の性格とバランスが取れてたのかもしれないわね」

おばあちゃん自身も、お母さんから滲み出す苦手意識を感じているのだろうか。お母さんが私に対して今なにを思っているか、それも察しがついているのではないか。考えれば考えるほど、ドツボに嵌《はま》っていく。私は器の中の具だけ口の中に流し込み、箸を置いた。

「ごちそうさま」

「え、もういいの？」

おばあちゃんが目を丸くする。私はぎこちなく作り笑いをした。

「うん、ネックレスのことで頭がいっぱいで、ちょっと食欲が出ないんだ」

半分事実で、半分嘘だ。おばあちゃんはしばし私の目を見つめていたが、深追いはしてこなかった。

「あまり追い込みすぎないようにね。鍋はまた温めればいつでも食べられるから、お腹がすいたら好きなときに食べて」

「うん、ありがと」

胸がもやもやする。食卓を離れて居間を通り抜けると、そこにいたフクとユウくんが同時にこちらに顔を向けた。ユウくんがなにか言いたげだったが、彼は下を向いて、なにも言い出さなかった。

＊　＊　＊

翌日、青嶋さんと岬さんがセットで店に現れた。外で会ったらしく、一緒に来たのだという。どちらもフレンドリーな性格なので、もうすっかり友達になったようだ。そして今日も、青嶋さんの観察眼が鋭い。

「詩乃ちゃん、なんか考え事？」

「顔に出てます？　実は、前の職場の先輩が、結婚式を控えてまして。そのドレスに合わせるネックレスを作ることになって……」

　事情を説明するとすぐ、岬さんが目を輝かせた。

「すごーい！　大役じゃん！」

「では弊社からぴったりのアクセサリーパーツをご紹介させていただきましょう」

　青嶋さんが営業モードに切り替わったので、私はこの流れで諸々のパーツを注文することにした。

「シルバーのビジューが錆びてたから、それを付け替えたいかな。あとエンドパーツもだいぶ傷んでたから、それも。デザインのカタログありますか？」

「あるよ。これこれ」

　青嶋さんの鞄からカタログが出てくる。彼が手際よく開いたページには、ウェディング向けのアクセサリーに使える素材がたくさん紹介されていた。岬さんも一緒に覗き込み、「これかわいい」などとパーツを指差していた。

「ひと口にシルバーといっても、色に微妙な違いがあるんだね。ドレスの色とのなじみも考えて選ばないとだね」

「そうですね。あ、このネックレス用のエンドパーツ、先になんか付いてる」

私の目に留まったそれは、ネックレスの端と端を繋いで輪にするパーツ、エンドパーツである。うなじで繋ぎとめるカンだけでなく、そこから細いチェーンが短く垂れているのだ。青嶋さんが説明を加える。

「それね、このチェーンの先に、ビーズをつけられるようになってるんだ。とはいえエンドパーツだから、うなじの辺りに潜んじゃって目立たないけどね」

正面に来ないパーツにも、密《ひそ》やかに飾りを施せるというわけか。岬さんがへえと感嘆した。

「目立たないんなら、あれにぴったりじゃない？」

彼女はその名前を思い出すまでに数秒かけ、やがてぽんと手を叩いた。

「サムシングブルー！」

それからしばらく、ふたりの案を貰ってネックレスのイメージを膨らませた。おかげさまで昨日までの不安がすっかり和らいで、このアイディアを一刻も早く形にしたい気持ちが募っている。

しばらくして青嶋さんはネックレス素材のサンプルの準備のために会社に戻り、それに合わせて岬さんも店を出て行った。

ネックレスのことを考えている時間は、すごく楽しかった。お母さんに言われている再就職の件も、ネックレスについて考えている間は忘れられる。

そして、岬さんたちと話していて、気づいた。岬さんがガラス職人を辞めたいと言いだしたとき、彼女がどうすべきかは彼女にしか選べないからと、私には余計な口出しができなかった。青嶋さんのときにも、夢に生きるのだけが全てではないと、おばあちゃんに教えてもらった。変わるのも、変わらないのも、どちらがよいのでも悪いのでもない。

私がいなくなったところで、『ゆうつづ堂』がなくなるわけではない。どこかの会社に再就職して、お客さんとしてまた来ればいい。一日張っていれば青嶋さんにはまた会えるだろうし、岬さんにもガラス工房まで行けば会える。おばあちゃんは、ここで待っていてくれる。

冷静に考えたら、なんとなく落ち着いてきた。たぶん、そんなに迷うことではないのだ。

頬にふわりと温かいものが触れた。

「詩乃。なんかすっきりした顔してんな」

今までどこにいたのやら、フクが肩にやってきた。

「うん。お母さんの言葉、ちゃんと受け止められたよ」

そういえばフクも、「大きな転機」と予言していた。これは私の未来が動く分岐点なのだ。

「菫さんのネックレスを最後にして、私、このお店を離れるよ」

「は!?」

フクがくわっと牙を見せた。

「お前、マジで言ってんのか？　この店にいたいんじゃねえの？」

「もちろん、この店は好きだよ。でも、おばあちゃんが続けてくれればいつでも買い物しに来られるし、おばあちゃんがしんどければ私みたいな店番を雇えばいいんだし。なにも私じゃなくてもいいかなって」

フクが肩から飛び降りて、私の腕に乗った。真っ直ぐにこちらを見上げている。

「なんでそうなるんだよ。詩乃、自信持ったって、前向きになったって言ってただろ」

「だから、ここを辞めても私はどこへ行っても大丈夫だって思ってるの。私がなにを選択したとしても、きっと皆、応援してくれる。フクもそうでしょ？」

　私がそう言うと、フクはぶわあと毛を逆立てた。

「ふざけんなよ。叶子はあんなにあんたに期待してるのに、全部放り出すのかよ」

　怒りで膨らんでいつも以上にまん丸のフクが、私の腕を飛び降りて、空中を駆け出す。

「フク、どこ行くの？」

「うるせー！　詩乃なんか知らない！」

　フクはなにもない空気中を走って、やがて店を漂う精霊に交じっていつの間にか見えなくなった。怒らせてしまった。けれどイヤーカフは私の耳についているし、このままいなくなってしまうことはないだろう。

「……さて。おばあちゃんにはいつ言うかな」

　呟いたひとりごとは、精霊の舞う店の中に静かに吸い込まれた。

＊　＊　＊

菫さんから、ドレスを試着した写真が届いた。メールに添付されたその写真に、私は感嘆のため息を洩らした。細い首筋から鎖骨まであらわになったストレートビスチェだ。着ている菫さんはあくまで試着なので式用のメイクではなく、笑顔も自然体だが、それでも花嫁の気品と美しさが漂っている。もとからきれいな人だから当然といえば当然だが、純白のドレス姿は美人に一層拍車がかかって見えた。

なんて、見とれている場合ではない。この写真を送ってもらったのは、ネックレスをドレスのデザインに合わせる必要があったからである。花嫁は、顔周りからデコルテがきれいに見えるのがとても大事だと聞く。ネックレスはまさにその辺りを飾るものであり、失敗は許されない。このドレスなら、ネックレスのビジューの数を増やしてもよさそうだとか、パールの配置は見直すべきかとか、悶々と考える。

デザインがまとまったら、青嶋さんにパーツを発注し、受け取り次第作業に入る。店を閉めたあと、工房に籠ろうと支度をした。今日は夜遅くまでおばあちゃんがいない。町内会の会合だそうだ。ネックレスを直している最中に相談したいところも出てくるかもしれないが、ひとまずは、自分の力でやってみる。

居間にはユウくんとフクがいる。ユウくんの宿るペンダントは今日もおばあちゃんが胸に下げていたが、精霊の彼自身はおばあちゃんについていていかなかった。この子くらい成長している精霊だと、宿る雑貨から離れていてもある程度の距離なら問題ないらしい。

フクはというとまだ不機嫌続行中で、目の届くところにいるものの私のそばにはあまり来てくれなくなった。今は窓際で丸くなって、こちらに尻尾を向けている。まあフクのことだ、そのうち機嫌を直してまた肩に乗るようになるだろう。ふたりを尻目に居間を出ようとしたときだった。

「待ってください！」

駆け寄ってきたのは、ユウくんだった。この子はおばあちゃんのペンダントに宿っている精霊であり、普段おばあちゃんにべったりなので、私を追いかけてくるのは珍しい。

「どうしたの？」

「詩乃さんとフク、喧嘩してます？」

同じ部屋の中にいるフクにも聞こえるようにか、はっきりとした口調で尋ねてきた。

私は丸くなっているフクの後ろ姿を一瞥し、苦笑いした。

「うーん、私が一方的に怒られてるだけ。たいした喧嘩じゃないから平気だよ」

「そうですか？　この前フクが、詩乃さんの身になにか大きな変化が起こりそうだって警戒してたんです。そのあと詩乃さんがなにか思い悩んでいる様子だったので、それが原因なのかなと……心配で」

どうやら、今夜ユウくんがおばあちゃんについていかなかった理由は、これのようだ。私とフクのぴりぴりが気になっていたのである。彼は言いづらそうに続けた。

「僕もこの頃、なんとなく落ち着かないんです。ということは、叶子さんにも大きな影響が起こるという予兆……詩乃さん、なにか叶子さんに隠していませんか？」

「か、隠してるわけじゃないよ。ちゃんと話すつもりだよ。タイミングが来たら……」

でも、ユウくんには見透かされそうだ。後ろめたくて隠していると思われてしまうのも嫌なので、私は率直に、お母さんとの出来事を話した。

「お母さんは私の将来を、私以上に真剣に考えてくれてるんだよね。だから、ここは私が子供っぽい理屈で駄々こねるところじゃない。けどフクは気に入らなかったみたいで、怒っちゃった」

『仕事を楽しむ気持ちは大切。でも、楽しいだけじゃ生きていけない。それはわかってるよね？』

そのとおりだ。私は将来のことをあまり考えず、現在の自分が楽しい方にばかり逃げていた。ちゃんと向き合わなくてはいけない、お母さんはそのきっかけをくれたのだ。

ユウくんが真剣な顔で俯く。

「ああ……そういう事情でしたか。綾香さんが……」

「そういえばユウくん、お母さんを知ってるんだよね？　ユウくんの宿ってるペンダントはたしか、おばあちゃんが結婚する前から持ってたものだもんね」

「はい。綾香さんが赤ちゃんの頃から知ってます。僕もまだ、この姿ではなかったけど」

小学生くらいの見た目をしたこの男の子が、自分の母親が生まれる前からいると思うと、不思議な感じだ。

「綾香さんが叶子さんのことをあんまり好きじゃないのも、知ってます」

きっぱり言った彼に、私はあっと口をついた。そうか、ずっとそばで見守ってきたなら、そこの親子関係も見てきている。

「僕は叶子さんのペンダントの精霊ですから、叶子さんに偏った見方しかできません。その上で、聞いてほしいんですが……」

ユウくんは慎重に、言葉を選んだ。

「叶子さんは、好きなものに真っ直ぐで、親戚じゅうから変人扱いされてもあまり気にせず自分を貫いていました。それは、彼女の娘である綾香さんからすれば不安だったと思います。自分の母親が皆《みんな》と違う。この人に育てられる自分も変な子だと思われてしまわないか、怖かったはずです」

私は、幼少期に見たお母さんの表情を思い浮かべた。毎夏『ゆうつづ堂』へ来ておばあちゃんと顔を合わせていたが、この季節が憂鬱そうだった。娘である私にも、あまり会わせたくない様子だった。

『自由気ままで、やりたいようにやって、他人からどう思われても気にしない。それってすごいことだけれど、同時に孤独でもある。自分ひとりの世界でしかない』

お母さんは、それを身をもって感じていたのだ。

「じゃあ、お母さんの娘である私がおばあちゃんに似てくるの、お母さんからしたらすごく怖いだろうな……。尚更、ちゃんと未来に向き合わないと」

私が改めてそう言うと、ユウくんはぱっと顔を上げた。

「そうじゃなくて……いや、それでもいいんですけど、そうじゃないんです」

「え、どういうこと？」

と、私が言った直後だった。

「流されるなっつってんだよ！　あんたの母さんの思う『普通の幸せ』に！」

ふわっと、頬に温かい感触が触れる。小さな牙を剥いたフクが、私の肩に来て毛を逆立てていたのだ。

「詩乃が、安定を幸せだと感じるならそれでもいい。でも、本当に心からそう思ってるのか？　母さんに言われたから、そんな気がしてるだけじゃねえか？」

「ううん、私、ちゃんと考えて……」

「考えた気になってるだけじゃなくて？」

たじたじの私に、フクは前のめりになって訴えかけてくる。正面では、ユウくんが私を見上げている。彼のエメラルドの瞳が、真っ直ぐ私を射貫く。彼はすっと、腰を引いた。

「ごめんなさい。僕は叶子さんの精霊だから、僕がこんなことを言ったら、叶子さんのために詩乃さんを引き止めてるみたいに聞こえるかもしれません。でも詩乃さんの幸せは叶子さんの幸せですから……」

白っぽい頭が、申し訳なさそうに下を向く。

「詩乃さんは、お客さんのことをいちばんに考えて雑貨を作れる人です。こんなに真っ直ぐ、真剣に、雑貨に向き合ってる。そういうあなただから、お客さんも、菫さんも、詩乃さんを頼ってるんです」

「ユウくん……」

「フクもそう言いたかったんですよね？　ただ君は不器用さんなので、うまく言えないだけで」

ユウくんがフクに向かって苦笑すると、フクは決まり悪そうにそっぽを向いた。そういえば、フクの機嫌が悪くなるのはいつも、自分の言いたい気持ちが私に伝わらないときだ。

「ありがとうユウくん、フク。私、今度こそ自分で考えてみる」

私は肩にいるフクを両手で掬《すく》って、ぎゅっと頬に擦り寄せた。

「うわ！」

フクが驚いて、もとから丸っこい尻尾をもっと太くした。

「ごめんねフク。フクはとっくに気づいてたのに。私、また結論を急いでた。もう一度よく考えるから、聞いてくれる？」

「はあ、なんだよ」

フクがつれない声で言う。私はフクのうなじに鼻先をうずめて、小さな体を抱きしめた。

「フクは幸福の白水晶の精霊でしょ。だから、一緒にいてほしい。私にとってなにが幸せか考えたいから、考えてる間、一緒にいてほしい」

細かくて柔らかい毛並みが心地いい。フクがしばし黙ったあと、よし、と耳を立てた。

「じゃ、作戦会議だ」

それから数分、私とフクとユウくんとで、居間で会議をおこなった。私とユウくんでローテーブルを挟んで座り、そのテーブルの上にはフクがいる。

自分自身と向き合うのは、ちょっと怖い。矛盾やわがままばかりで考えが詰む予感がする。でも、逃げてばかりもいられない。

結論から言うと、私は『ゆうつづ堂』の店番を辞めたくない。ここまでは、フクとユウくんは知っていたみたいに頷く。さらに私は、今の思いを口にした。

「そうはいっても、今のままじゃ不安なのも本当なんだ」

お母さんが私にああ言った意図のひとつに、お母さんがおばあちゃんを個人的に好いていないというのもあるだろう。でも、この店一本で生きていけるほど甘くないという理屈自体は正論だ。老後の趣味の延長でやっているおばあちゃんと、働き盛りの私とではステージが違う。フクが不安げに耳を下げた。

「じゃあ、ほんとにほんとに辞めちゃうのか？」

「うーん……嫌でもそういう選択が必要になってくる……日が来るのかもしれない」

私は曖昧な返事をして、数秒押し黙った。

フクとユウくんは聞いていてくれるが、彼らからアイディアがあるわけではない。人格があるから忘れそうになるが、この子たちはあくまで精霊だ。パワーストーンは私の中にある可能性を引き出したり、背中を押してくれたりするものであって、問題を解決してくれるものではない……というのを、改めて感じる。解決するのは、私自身だ。

　ここで、私はすっと立ち上がった。フクとユウくんが同時に見上げてくる。私は大きく伸びをして、宣言した。

「よしっ、工房で菫さんのネックレスを作る！」

「今!?　大事なこと考えてたのに？」

　フクがぴょんと、私の肩に飛び乗ってくる。

「うん、今だからこそだよ。考えたって堂々巡りだから、考えるのをやめるの」

　工房の方へと歩いていくと、ユウくんもついてきた。閉ざされていた工房の扉を開くと、接着剤っぽい独特の臭《にお》いが鼻腔を擽る。

「考えるのをやめて、幸せな気分になることをする。そうしてリフレッシュしたら、いい案が浮かぶかもしれないでしょ」

　青嶋さんと岬さんと、ネックレスのデザインを考えている間、思考がすっきりして余計なノイズがなかった。幸せな気分になれること、それは私にとって、このネックレスと向き合うことなのだ。

　ネックレスの入った木箱が、作業台に置いてある。私はその蓋を開けてから、壁沿いの棚の引き出しを物色しはじめた。ユウくんが作業台に手を揃え、箱の中を覗き込んでいる。その頭の上には、フクがちょこんと座る。木箱の中の貝の精霊がほわほわした光を放ち、ユウくんの白っぽい髪に反射してオーロラ色に艶めかせていた。

引き出しから探すのは、私の中で心に決めている石だ。ちょうどいいものを見つけて、それを持ってスツールに腰を下ろす。まずは傷んだパーツを新しいものと替える作業からだ。

この部屋に入ったら、不思議と気持ちが切り替わっていた。もっと思考が行ったり来たりするかと思ったのに、もうすっかり、ネックレスのことしか頭になくなっている。

私はネックレスに繋がれたビジューに、ヤットコの先を当てた。パキッと音がして、銀色の破片が飛んだ。ビジューの台座が脆くなっていたのだろう、ヤットコで挟んだだけで割れてしまった。箱の隅の貝の精霊が、一層縮こまる。ネックレスを直す工程は途中までは壊すようなものだ、いたたまれなくなってきて、作業する手が速くなる。

菫さんのドレス姿の写真と、ネックレスを合わせ見る。式の当日に思いを馳《は》せる。その日の彼女はきっと、世界でいちばんきれいだ。

パールをひとつ取り外し、新しい部品を付け替えて、再びネックレスに取り付ける。

『パールはあらゆる悪いものから持ち主を守ってくれる石なの。だから、冠婚葬祭の場で活躍するのよ』

おばあちゃんの言葉が、頭の中に蘇る。結婚して、新たな道に進む菫さん。これから様々な壁にぶつかるだろう。それでも、悪いものに取り憑かれないように。彼女の未来が明るいものであるように。パールひと粒ずつに、そう願いを込めていく。

そして最後に、エンドパーツを付け替える。青嶋さんから受け取った、うなじにチェーンが垂れ下がる、シルバーのパーツだ。この細く繊細なチェーンの先に、選《よ》りすぐりの石を取り付けて……。

「できた！」

こっくりした艶の美しいパールときらきらのビジュー、そしてさりげなく垂れた、私のオリジナルアレンジ。これなら絶対、ウェディングドレスの菫さんを一層輝かせる。

これを身につけた菫さんを想像してネックレスを掲げていると、ぽこんと、目の前に丸く白い貝が現れた。箱の中にいた、あの貝の精霊だ。元気になったみたいで、箱から出てきたのだ。

「君！　こんなにくっきりして、ころころ動いて。よかったね」

ちょんとつついてみると、貝は空中をぽこぽこと転がった。その通ったあとに、青い光が尾びれのように伸びて轍《わだち》を描く。私が最後につけた石の色だ。

胸がいっぱいになる。この精霊を、菫さんのもとに返せる。菫さんの目には精霊は見えなくても、ネックレスが私の想いを運んでくれる。こういう形で彼女の未来を応援できる、それがなにより幸せだった。

ふと、耳にフクの声が届いてきた。

「やっぱり、もったいないんじゃないか」

もそもそと話す声に、我に返る。ユウくんの頭の上で、フクが不本意そうに耳を下げている。私はちょっとにやっとした。

「なに。こんなにセンスがよくて技術もあって石の意味も考えてるのに、『ゆうつづ堂』を離れちゃうのはもったいないって話？」

「調子に乗るなよ。センスとか技術とか石の知識とか、そういうのはまだまだ。叶子の孫なのに叶子の百万分の一にも及ばない」

「言いすぎじゃない？」

「だけどさ。詩乃は、身につける人のこと真っ直ぐ考えてる。その気持ちは、叶子に匹敵……しなくもないぞ」

フクはやはり不本意といった顔で、私から目線を逸らした。

「ユウも言ってたけどさ。やっぱり詩乃は、お客さんのことをいちばんに考えて雑貨を作ってるんだよ。こんなに相手を想って雑貨作りできるのに、それでもこの店を離れちゃうのは……もったいない。詩乃のこの長所を活かせる場所は、『ゆうつづ堂』以外にはないと思う」

耳はぺしゃんこだし、尻尾はユウくんの髪を巻き込むほど丸まっているし、声は小さい。すごく不本意そうだ。でも、不本意でも言ってくれたのは、私にどうしても伝えたかったからなのだ。あの不器用なフクが、私に訴えかけてくれている。

なんて返事をしたらいいかわからなくて固まっていると、ついにフクがキレた。

「無視かよ！　なんとか言えよ！」

「うわ！　ごめん、ええっと……」

やはり、この気持ちを表す言葉が見つからない。ひとまず私は、先ほどと同じフレーズを繰り返しておいた。

「言いすぎじゃない？」

「別に、褒めたわけじゃねえよ」

フクはぷいっとそっぽを向き、それを頭に乗せるユウくんはおかしそうに噴き出した。

＊　＊　＊

おばあちゃんに店を頼んで、二連休を貰った。初日は東京へ出かけて、菫さんにネックレスを手渡しに行く日。もう一日は、逆方向へ新幹線で一時間、それなりに高い建物の並ぶオフィス街、そのベッドタウンの住宅地へ向かう。

目的地に着いたのは、午後二時頃だった。この町の中の一軒家のひとつ、塀に取り付けられた『夏凪』の表札が妙に懐かしい。

インターホンを押す手が震える。肩ではフクが寒そうに丸まっている。

「おい詩乃。寒いから早く中に入りたい。早く押せ」

「でも、緊張して……」

そうだ、ここは私が生まれ育った家だ。今はお母さんとお父さんがふたりで暮らしている。私は今日、あの日の返事をしに、お母さんに会いに来たのだ。

しっかり心を決めてきたはずなのに、いざここまで来たら心臓が爆発しそうでインターホンひとつ押せない。私の決断を聞いてお母さんが怒ったらどうしよう。うっかり失言をして家族が決裂したらと思うと、怖くなってくる。

でも、フクの声を聞いたらちょっと勇気が出た。私は今日も、白水晶の、幸運の石のイヤーカフをつけているのだ。きっと案外うまくいく。一旦深呼吸をする。冷たい真冬の空気が肺いっぱいに入ったとき、背後から突然声をかけられた。

「お、詩乃。お帰り」

気の抜けたその声に、驚いて噎《む》せた。振り返ると、ダウンコートに分厚いマフラー、首には一眼レフカメラを下げた、中年のおじさんが立っていた。白髪の増えたそのたぬき顔に、私はほっと息を吐いた。

「お、お父さん！」

「うちの前で突っ立ってるからなにかと思ったぞ。そうそう、さっき山で鳥の写真を撮ってきたんだけどな、今の時期はジョウビタキが来てる。オレンジ色が冬空に映えてな」

お父さんは最近カメラに凝っていて、特に野鳥の写真を撮るのがお気に入りである。まるで私とは今朝も会っているかのような口振りで話し、私の脇から家の扉を開けて入っていく。玄関でこちらを振り向き、手招きする。

「なにしてんだ、早く入って来い。寒いじゃねえか」

この人のマイペースさは、おばあちゃんと血が繋がっているお母さんよりおばあちゃんに似ていて、どちらが親子かわからなくなりそうだ。私は妙にどきどきしながら、玄関に足を踏み入れた。

「お邪魔します、じゃなくて、ただいま」

私とお父さんのやりとりが聞こえたのだろう、奥の居間からお母さんの顔が覗く。

「ああ詩乃、お帰り。急に来るって連絡してくるから驚いたよ」

特に気まずそうでもない、自然な態度だ。でも、私の心臓はどきっと跳ね上がる。

「お母さんなんて連絡もなくおばあちゃんの店に来たでしょ」

「それもそうね」

お母さんはそう笑い、私を居間に通した。こたつに入って、温かいお茶を出してもらう。お父さんも交えて三人で、話し合いが始まる。冷静で仕事の速いお母さんは、いきなり本題に入った。

「詩乃が今日ここに来た理由は、わかってる。おばあちゃんの店からの、転職の話でしょう」

「うん。でも私、あの店を辞めたくないんだ」

私は単刀直入に、今の想いを告げた。

「お母さんの言うとおり、安定してるかといえばしてないし、私に合った仕事は他にもあるかもしれない。でも、私はあそこを自分の居場所だと思ってる。なにがあっても守りたい、大切な場所なの」

私だけではない。あの店は、あの店を愛するお客さんや、おばあちゃんにとっても、かけがえのない場所だ。私は携帯を取り出し、画像ファイルを開いた。昨日撮った写真が、画面に表示される。

「これを見て」

こたつの天板の真ん中に、携帯を置く。お母さんとお父さんが覗き込み、息を呑んだ。映し出された写真は、あのネックレスを掲げた菫さんの姿だ。昨日、彼女にネックレスを手渡したとき、写真を撮らせてもらったのだ。お父さんがほうと感嘆する。

「いい写真だな。この女性の表情、こっちまでほっこりするような笑顔だ」

写真が趣味のお父さんに写真を褒められると、ちょっと嬉しい。彼はのんびりと、画面の中のネックレスを指差した。

「で、このネックレス、詩乃が作ったのか」

「うん。作ったっていっても、もともとあったものを修繕して、少しアレンジを加えただけなんだけど……」

「十分すごいじゃないか。この表情を引き出したのは、ネックレスなんだろ」

お父さんはやはりおばあちゃんみたいにマイペースで、躊躇なく褒め言葉を並べてくれる。反対にお母さんは、難しい顔で黙っていた。私は数秒奥歯を噛み、やがて意を決した。こたつの天板に人差し指を立て、コンコンコンと、三回叩く。軽やかな音に反応して、お母さんの目がこちらを向いた。私は、指をこたつに置いたまま、言った。

「私が小さい頃に、お母さんに教えてもらった。これ、気持ちが切り替わるんだったよね」

トントントンと三回、指で叩く仕草。幸運のおまじないを基にした、お母さんの癖。

「おばあちゃんが作るパワーストーンの雑貨は、それと似てるの。その雑貨を手にした人が勇気を出したり、自信を持ったりできる、スイッチなんだ。『ゆうつづ堂』は、そんなスイッチを人に分けてくれる店なの」

私自身もそうだ。イヤーカフをつけているのを意識すると、ちょっとだけ、幸運が味方してくれるような気持ちになれる。

「私は、お客さんの背中を押す雑貨を作りたい。誰かの支えになりたい。その想いを活かせる場所、『ゆうつづ堂』しか知らないんだ」

話しているうちに想いが溢れ出して、止まらなくなる。

「私、不運だけど、あの店に出会えたことは世界一幸運だった。不運だけど不幸じゃないの。けど、あの店を諦めたら不幸になっちゃう。不運の上に不幸になっちゃう」

お母さんは黙って聞いていた。しばらくして、お茶を手に取りため息を吹きかける。

「あんたはまた、そんな夢心地な……。楽しいだけじゃだめなのも、店が好きって気持ちだけじゃどうにもならないのも、わかってるんじゃなかったの？」

「うん。だから、考えたんだ。もっとお店が繁盛するように、来年からは即売会にたくさん出店しようかなって。それと、遠くの人にも知ってもらえるように、ネット販売始めてみようかなとか！」

　私が言うと、お母さんもお父さんも驚いた顔をした。私は続けて話す。

「それでも不安だったら、副業ＯＫの会社に就職して、店との兼業も考えてる。昼は会社、夕方以降と会社が休みの日は『ゆうづつ堂』の店番をするの。私が会社員してる間は、おばあちゃんに店にいてもらえばいい。そうすれば店を安定させながら、店から離れずに済むでしょ」

「そうだけど、ハードすぎない？」

　お母さんが青い顔をする。私は小さく頷いた。

「大変だよね。でも、ちょっと大変だとしても私は店を守りたい。それが私の幸せなんだ」

　お母さんの思い描く幸せが〝安定〟であるように、私にとっては、店を最優先するのが幸せなのだ。

菫さんが初めて店に来たとき、おばあちゃんが紅茶を飲みながら言っていた。

『アイオライトは、進むべき道へと導いてくれる羅針盤の石といわれているのよ。時が来たら、どうするか自然と決まるんじゃないかしら』

仕事も夢も中途半端になるかもと焦っていた彼女に、おばあちゃんはそう言った。中途半端でもいいのだ。「こうなりたい」と思える自分に、慌てて近づかなくてもいい。私も、店を守りたいという願望のためなら、時間も手間もいくらでもかける。

お母さんが絶句する。と、お父さんがのんびり口を開いた。

「体を壊さない程度にならいいんじゃねえか？」

間延びした声が、居間にのっぺり広がる。

「詩乃がそうまでして守りたいものができたんだ、それって、親として祝福してやるべきことじゃねえかな。いや、もちろん、体を壊さない程度にってのが前提だけどな」

そう話すお父さんに、お母さんの目線が行く。フクも、お父さんを見ていた。視線を浴びるお父さんは、へへ、と笑った。

「まあ、『いざとなったら』そういうのも考えてるって段階だろ？　まだこれから、店が大繁盛して兼業どころじゃなくなる可能性もある。俺は詩乃が元気ならなんでもいいよ。綾香もそうだろ」

お父さんに同意を求められても、お母さんは数秒押し黙っていた。けれどしばらくして、遠慮がちに呟く。

「もし、『やっぱり無理』って思ったら、限界が来る前に私たちを頼りなさい。あんたはいつも、私に相談する前に決めちゃうから」

「うん」

頷いた私の声は、ちょっとだけ潤んでしまった。

「味方してくれて、ありがとう」

やはり私は幸運だ。いろんな形があれど、私の家族は私を想ってくれている。すれ違いそうになっても愛情に気づける、私は、幸せ者だ。


そのあと、夕飯まで実家で過ごした。泊まっていくように言われたが、新幹線のチケットを取ってあるので今日はこれで店に帰る。

帰り道は真っ暗で、星が空を埋め尽くしていた。夜の住宅街は静まり返っていて、人の姿はない。ふいに、フクが話しかけてくる。

「確認。叶子と血が繋がってるのは母ちゃんの方だよな。父ちゃんは関係ない人だよな」

「ん？　そうだよ」

私が返すと、フクは首を捻った。

「母ちゃんより父ちゃんの方が、叶子に似てるな。顔が似てるってわけじゃなくて、なんか……成分？　が似てる」

「ふっ、あはは。わかる！」

フクの喩えに、私は思わず噴き出した。お父さんのマイペースで自由で、誰のことも否定しない調整役的な成分は、おばあちゃんのそれによく似ている。

「今日見てて、私も感じたよ。お母さん、おばあちゃんのこと苦手なくせに、おばあちゃんに似た雰囲気の人と結婚してるんだからさ……」

ほうと、白い息が冬の夜空に昇る。

「お母さんもなんだかんだ、おばあちゃんのそういう成分が好きなんじゃないかな。たぶん無意識のうちに、求めてるんだよ」

帰る直前、玄関まで見送ってくれたお母さんが言った。

「ねえ。さっき見せてもらった写真のネックレスだけど……」

菫さんの写真が頭に浮かぶ。お母さんの声が問う。

「サムシングブルー、だよね？」

「うん。店で知り合った人たちに教えてもらったんだ」

私の大好きなあの店は、大切な人たちの集う場所でもある。それは私の誇りなのだ。

＊＊＊

数か月後。私は都内の結婚式場にやってきていた。髪にはおばあちゃんから貰ったバレッタ、耳のイヤーカフは今だけ猫のチャームがお留守。でも、そばにはフクも貝の精霊もいる。式場には、前の会社の同僚や先輩がいた。突然辞めた私は一瞬気まずかったのだが、案外みんな、菫さん同様に優しくしてくれた。私が所属していた開発部の理不尽さは社内でも共有されているらしく、責められるどころか同情された。

しかしそんな会話は中断され、視線が一点に集中する。私も釘付けになった。入場してきた真っ白なウェディングドレス、その美しい花嫁に。

「菫さん……っ」

感極まって、掠《かす》れた声が出た。

純白のドレスは品があって、且つ華やかなレースや刺繍が施されている。自信に満ちた表情は、凜としつつも優しく、温かい。なんて美しい立ち姿だろう。異国のお姫様を彷彿とさせる。彼女が姿を現した途端、会場が沸いた。

開いたドレスのデコルテには、パールとビジューのネックレスが煌めく。一瞬後ろ姿を見せると、うなじにきらっと、青い石――アイオライトが輝いた。

頭の中に、岬さんとの会話が蘇る。

＊＊＊

「サムシングブルー？」

「うん、新郎新婦の幸せを祈るおまじないで、『サムシングフォー』っていうのがあるの」

サムシングフォー。それは結婚式当日に花嫁が身につけると幸せになれるという四つのアイテムのおまじないだそうだ。ひとつは古いものを。ひとつは新しいものを。ひとつは人から借りたものを。そしてもうひとつが、青いものを。それを聞いて私は、すぐに三つ思い浮かんだ。まずネックレスは彼女の祖母の代から受け継がれているもので、ウェディングドレスは新品。靴は友人からの借り物だと言っていた。最後のひとつ、青いものだけが欠けている。

「サムシングブルーは目立たないところにひっそり入れるのがいいんだって」

岬さんの言葉で、私はカタログの中のエンドパーツに再度目を落とした。うなじに垂れ下がる細いチェーン。

彼女が気に入ってくれた石、アイオライトは、すみれの花のような青色だ。迷ったときの道標となってくれる、羅針盤の石。結婚という新たな門出に立つ彼女を導く石。ネックレスにその石をつけたのを知ったとき、菫さんは涙を浮かべて喜んでくれた。

「ありがとう詩乃ちゃん。私、世界一幸せな花嫁になれそう」

この仕事ができてよかった。心からそう思える。彼女のような人を、笑顔を、これからも『ゆうつづ堂』から導いていきたい。

菫さんのうなじでアイオライトが煌めく。そばにはふわふわと、白い貝の精霊が寄り添っていた。


それから数日後。その日は、真冬にもかかわらず暖かかった。店内の窓から、柔らかい日差しが差し込んでくる。店を漂う精霊たちも、ふんわりと白っぽく反射していた。

店のカウンター、レジの横には、買ったばかりのノートパソコン。私はキーボードを叩きながら、おもむろに呟いた。

「ウェディングドレス、きれいだったなあ……」

結婚式から数日経った今でも、菫さんの花嫁姿を反芻《はんすう》する。私のひとりごとに、頬の横から返事があった。

「俺の方が、もっと白くてふわふわだぞ」

肩に乗ったフクが、変なところで張り合っている。傍らには白水晶のイヤーカフ。私の左耳のそれには、猫のチャームが戻ってきている。結婚式用に一時的に外していたが、おばあちゃんが付け直してくれた。

私はちらっとフクの顔を見て、またパソコンの画面に目線を戻した。

「白くてふわふわも素敵だったんだけど、やっぱりなにより、あの幸せそうな表情がよかったよね」

「それは、まあ」

日差しがぽかぽかする。イヤーカフに猫が戻ってきたのと同時に、私の日常も戻った。それまで私の頭を悩ませていた様々なことも、なんとなく、丸く収まっている。いや、本当はまだまだ、考えなくてはならないことはたくさんあるのだけれど、ひとまず、今はこれでいい。

フクが私の目線の先を覗き込んでくる。

「で、詩乃。さっきからなにしてんの？」

フクが身を乗り出してくると、ふわふわの体が私の首筋にくっついて、くすぐったい。

私はふふふと目を細めた。

「よくぞ聞いてくれた。見て、フク」

私はノートパソコンの画面を手で示し、言った。

「じゃーん！　『ゆうつづ堂』オンライン支店！　近日オープンです！」

「……おんらぃん？」

言葉の意味がわからなかったらしく、フクはきょとんと首を傾げた。私はそんなフクの背中をぽんと撫で、パソコンのキーボードに手を置いた。

「ほら、この前お母さんに言ったの、横で聞いてたでしょ。遠くに住んでる人にも店の雑貨を知ってもらえるように、ネット販売を始めるんだよ」

おばあちゃんがネットに疎いこともあり、今までは店のホームページすらなかった。それに『ゆうつづ堂』は地域密着型の店で、町の人だけ知っていてくれればいいと考えていたので、私もこんなことを始めようとは考えなかった。

でも、菫さんが訪ねてきてくれたときに思ったのだ。店を知っていても遠くて来るのが大変な人もいる。まだ『ゆうつづ堂』を知らない人の中にも、『ゆうつづ堂』の雑貨を必要としている未来のお客さんがいる。

そこで私は、おばあちゃんに相談して、ネット上にあるハンドメイドマーケットサイトに登録した。ここには様々なハンドメイド作家が参加していて、作品の通信販売ができるのだ。『ゆうつづ堂』もページを作れば、全国どこからでもこの店の雑貨を買える。

本音を言えば、お客さんにはこの店に直接来てもらって、店の雰囲気を楽しんでもらい、雑貨を直《じか》に見てほしい。だがそれにはまず、この店をより多くの人に知ってもらわなくてはならない。ネックレスのアイオライトを見た、菫さんのあの笑顔。ああいう笑顔を、これからもっと、増やしていくために。

「さて、販売ページは大体できた。あとは最終チェックして……ん？」

と、私は、画面に表示されていたお知らせの文言に気づいた。サイト運営から届く広報である。

「ハンドメイド即売会だって。おばあちゃんに相談しよう」

二月開催、場所は隣の県。応募要項を確認する私に、フクが言った。

「詩乃が自分からそんなの参加したがるとは。ちょっと前までの詩乃からは考えられないな」

しみじみと実感されると、なんだかこそばゆい。

「だって店の経営を安定させないと、またお母さんに心配されちゃうじゃない」

　即売会への積極的な参加、これもネット販売同様、店をもっと多くの人に知ってもらうための戦略である。これからはそういう催しにもできるだけ顔を出していくつもりだ。

フクはふうんと、鼻を鳴らした。

「店の経営の安定、かぁ。本当にそれだけか？」

「ん……」

　フクの含みのある言いかたに、私はちょっと、言葉を詰まらせた。それから、自分の心に素直に答える。

「手作り、楽しいから。もっともっと、見える世界を広げていきたいんだ」

　店のためであり、お客さんの笑顔のためであり、私のためでもある。全ては、この店、『ゆうつづ堂』が大好きだから。ここが私の居場所だから。それが、私の原動力なのだ。

あとがき

以前のあとがきにも書きましたが、私はこの『ゆうつづ堂』の物語を書き始めた頃から、財布にタイガーアイとカーネリアンを入れています。いずれも作中で触れておりますとおり、仕事の成功を願う石です。『ゆうつづ堂』がたくさんの読者様に届きますように！　という想いを込めて、持ち歩くことにしました。
それが効いたかどうかはさておき、『ゆうつづ堂』はたくさんの読者様の声援のおかげで、こうして続刊に辿りつくに至りました。本当にありがとうございます。

これは不運かつちょっぴり臆病な詩乃が、ハンドメイドとパワーストーンの楽しさを知ることで、成長し自信をつけていく物語です。その中に、今回は家族、友人、恋人といった、愛する人との想いの繋がりにフィーチャーしたお話を詰めてみました。近くにいるからこそすれ違うこともあるし、言葉にしづらい想いもある。そんな自分自身の素直な気持ちに向き合う場所として、『ゆうつづ堂』がある。そしてそういうときに、メッセージを込めたモノを介して気持ちを伝えるのも、アリなんじゃないかなあと思います。

とくにパワーストーンには、ひと言でまとまりきらないくらい、広く深く意味を秘めています。言葉にならない想いを石に乗せて、大切な人へ届けてみてはいかがでしょうか。

本作品では触れていない石も、まだまだたくさんあります。また、ここには登場しなかった石も、既刊『手作り雑貨ゆうつづ堂』では紹介しているものもございます。既刊では詩乃とフクの出会いや、『鉱石辞典』の謎なども語りますので、まだ見ていないかたはぜひ、既刊も読んでもらえたら嬉しいです。

編集さんをはじめ、この作品を読者様へ届けるために携わってくださった皆様、既刊に引き続き素敵な装画を描いてくださった前田ミック様、そしてその作品に出会ってくださった読者の皆様へ、心より感謝を申し上げます。

植原翠

この物語はフィクションです。
実在の人物、団体等とは一切関係がありません。
本作は、書き下ろしです。

■参考文献
『もっと幸運を引き寄せるパワーストーン組み合わせ辞典』ＣＲ＆ＬＦ研究所
（毎日コミュニケーションズ）

植原翠先生へのファンレターの宛先

〒101-0003　東京都千代田区一ツ橋2-6-3　一ツ橋ビル2F
マイナビ出版　ファン文庫編集部
「植原翠先生」係